나의 로스 앤젤레스

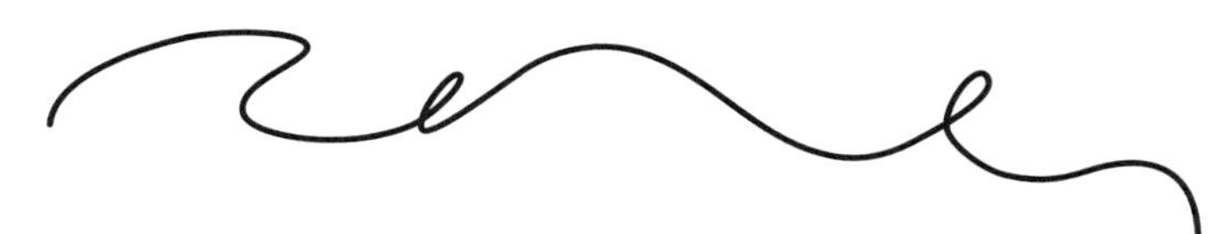

나의 로스 앤젤레스

이근미 장편소설

미래인

일러두기

이 책은 교정 규칙을 따랐으나, 소설 특유의 글맛을 살리고자 일부 비표준어를 사용했습니다.

차례

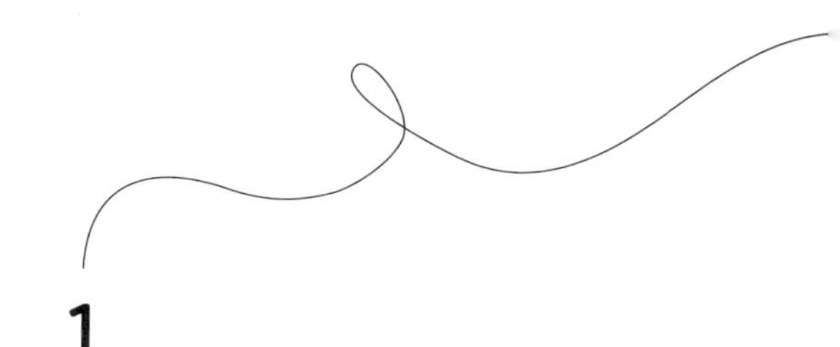

1

차가 출발하자마자 나도 모르게 손을 옆으로 뻗다가 재빨리 움츠렸다. 4학년 이후로 뒷자리에 편안히 앉아 간 기억이 없다. 아빠는 앞에서 운전하고, 엄마는 행여 내가 흔들릴까 봐 손을 잡아 주곤 했는데.

'그 시절로 돌아갈 수 있을까?'

나도 모르게 나온 질문에 저절로 고개가 좌우로 흔들렸다. '파란만장'이라는 단어를 접했을 때 파란색 헝겊 만 장을 이어 붙여 만든 엄청나게 큰 이불보라고 생각했다. 이제 파란만장의 뜻뿐만 아니라 나의 삶이 그 뜻에 정확히 부합된다는 것까지 알게 되었다.

"바다는 언제 봐도 가슴이 벅차지 않니?"

웅웅대는 엔진 소리가 둘 사이의 침묵을 채워 준다고 생각했는데 넥타이를 비뚜름하게 맨 주무관님이 어색했던지 말을 건넸다. 대답 대신 오른쪽 차창 밖으로 펼쳐진 바다를 바라봤다. 눈부신 윤슬이 몰려다니는 청어떼처럼 일렁였다. 지금의 나에게 바다는 그저 아픔일 따름이다. 모래에 숨어 있던 날카로운 조개껍질에 발을 찔린 듯 움찔하게 만드는 그런 느낌. 주무관님은 '벅차다'보다 '버겁다'가 내 처지와 더 어울린다는 걸 알까? 아빠 엄마와 손잡고 거닐던 백사장으로 밀려왔다 도망가기 바쁘던 파도가 어느 순간 거대하게 솟아오르더니 나를 넘어가 버렸다. 나의 뇌리에서 오래전 비워 버린 바다를 무심히 바라보는데 뭔가가 촘촘히 박혀 있었다. 마치 내 마음 가득 비집고 들어와 뿌리내린 나쁜 기억들처럼.

"김밭 신기하지. 밭은 땅에만 있는 게 아냐. 바다에는 김을 키우는 김밭, 전복 키우는 전복 밭 같은 게 있거든."

두 번이나 말을 걸어 주어 고맙지만 마땅한 대답이 떠오르지 않았다. 하긴 엄마가 사라진 후 나는 대부분의 경우 입을 앙다물고 지냈다.

"조금만 가면 그룹홈이 보일 거야. 여자아이 일곱 명이 가족을 이루고 사는 곳인데 마침 자리가 하나 나서 다행이야. 너 굉장히 운 좋은 거야. 대기자가 있는 데도 너 먼저 온 거니까. 안 그랬으면 쉼터로 가서 기다려야 했을 텐데."

대꾸하고 싶은 말이 입천장을 뱅뱅 맴돌았다. '보호자가 없어 그룹홈에 오는 게 운 좋은 거예요?' 그렇게 묻고 싶었다. '보호자가 엄연히 있지만 보호하겠다는 사람이 없는 처지가, 가족과 살 수 없는 아이들끼리 가족인 척 모여 사는 게 운 좋은 거냐고요.' 그런 항변도 치밀어 올랐다.

"그룹홈 이름이 '천사의집'인데 실제로 원장님이 완전 천사셔."

크긍, 코웃음이 나와 재빨리 두 손으로 얼굴을 감쌌다. 천사라니. 그걸 믿을 나이도 지났고 그럴 마음도 남아 있지 않았다. 부모와 헤어진 아이는 현실적일 수밖에 없으니까. 내가 아무 답변도 하지 않자 주무관님도 입을 다문 채 운전에만 집중했다.

이윽고 그네의자와 야외용 벤치가 놓인 단층집 앞에 도착했다. 집 뒤로 펼쳐진 큰 밭이 낮은 산과 만나는 지점에 두세 채의 집이 있을 뿐, 사람 그림자 하나 어른거리지 않았다. 한쪽에 자전거와 수동 퀵보드가 옹기종기 놓여 있는 마당은 잡풀 하나 없이 정갈해 그나마 마음이 놓였다. 내가 내리자 주무관님이 재빨리 트렁크에서 캐리어를 꺼냈다. 바퀴가 두 개 달린 오래된 작은 캐리어, 예전에 아빠가 출장 갈 때 쓰던 것이다.

현관문이 열리면서 펑퍼짐한 검정색 원피스를 입은 아줌마와 빨간 바지 차림의 아이가 나왔다.

"어머, 네가 해미구나. 잘 왔다, 우리딸."

가슴이 툭 떨어졌다. 우리딸, 엄마가 나를 부르던 애칭을 거침없이 구사하며 환하게 웃는 아줌마를 보자 눈물이 핑 돌았다. 시도 때도 없이 눈물이 나오는 것도 엄마와 헤어진 이후 생긴 버릇이다. 엄마와 웃는 모습이 닮은 아줌마가 팔을 크게 벌렸다. 나도 모르게 한 발 뒤로 물러설 때 주무관님이 캐리어를 끌고 내 옆으로 왔다.

“진해미, 이분이 천사의집 김사론 원장님이시다.”

꾸벅 인사하자 원장님이 나를 끌어안으며 볼을 톡톡 두드렸다. 우리딸에 이어 스킨십이라니, 부담스럽기 이를 데 없지만 몸을 빼면 실례가 될 것 같아 잠자코 있었다.

“원장님, 서류 처리는 다 됐어요. 진해미 외할머니 댁과 그룹홈이 같은 학군이라 전학 안 해도 되고…… 오늘부터 해미를 잘 돌봐 주시면 됩니다. 천사님 케어야 정평이 나 있지만.”

천사님이라는 호칭에 크긍, 또 코웃음이 나올 뻔했다. 천사의집과 천사, 나는 대체 어디에 온 걸까. 하늘나라와 가장 가까운 곳인가. 하긴 돌고 돌아 더 이상 갈 데가 없으니 하늘나라 코앞이 적당할지도 모르겠다. 최대한 소리 내지 않고 한숨을 내쉬었다.

차를 마시고 가라는 권유에 주무관님이 바빠서 곤란하다더니 생각났다는 듯 질문했다.

“유리는 좀 어때요?”

“약 먹으면 애가 너무 처져서 조금씩 줄이고 있어요. 좀 좋아져서 하루 약을 안 먹였더니 밤에 뒹굴고 난리가 났었어요. 약보다 사랑이 더 효과적이라는 게 제 신조니까 조화롭게 해야죠. 처음보다 많이 좋아졌어요.”

"어련하시겠습니까. 죄송하지만 힘든 애들 있으면 제일 먼저 천사의집이 떠올라요. ADHD 아이는 다들 안 받으려 하는데 천사님이 맡아 주시니 그저 감사하죠. 군청에서 다들 천사님 대단하다고 하세요."

"어휴, 과찬의 말씀. 안 들어오시려면 어여 가세요."

칭찬이 민망한지 원장님이 손으로 쫓는 시늉을 하자 주무관님이 나에게 눈을 꿈쩍 하고 차에 올랐다. 잘 지내라는 뜻인 듯한데 그런 일이 내 의지 대로 되는 게 아니라는 걸 주무관님은 알까. 엄마와 헤어진 이후 내 뜻과 상관없는 일들이 산사태처럼 밀려와 제멋대로 퍼질러졌다.

"우리딸, 오느라 힘들었지. 자, 들어가자."

그러니까 '우리딸'은 '얘야'를 대신하는 호칭인 듯했다. 무신경일까, 고도의 작전일까. 매사 비틀어서 생각하게 된 것도 엄마가 떠나면서 생긴 버릇이다. 곧이곧대로, 눈에 보이는 대로 믿으면 안 된다는 것도 혼자 남은 뒤 깨달은 사실이다.

그 이후로 이어진 환대는 내 13년 인생 전체를 다 합쳐도 부족할 정도였다. 졸졸 따라다니며 "언니, 과자 먹을래?" "나랑 슬라임 할래?"라고 말하는 빨간 바지. 그 애 이름이 지혜라는 건 금방 파악했다. 지혜는 나를 즐겁게 해야 한다는 사명이라도 부여받은 듯 적극적이었다.

그보다 더 부담스러운 건 네 명이 한방을 써야 한다는 사실이었다. 원장님이 나를 네 개의 매트리스와 칸막이가 달린 네 개의 책상이 있는 방으로 데려갔다. 한쪽 벽에 옷장 네 개도 나란히 붙어 있었다. 가슴이 답답해지면서 끓는 주전자에서 새어 나오는 뜨거운 김처럼 한숨이 노골적으로 숙숙 뿜어져 나왔다. 그렇다고 '나 혼자 방을 쓰게 해 달라, 불편하다.' 그런 항의를 할 정도로 염치없거나 눈치 없진 않다. 국가의 도움으로 시설에 얹혀살게 된 것만으로도 감사해야 할 처지이니.

내게 배정된 옷장에 짐을 정리해 넣고 책상을 살펴보는 동안 네 명이 다녀갔다. 지혜와 유치원생, 힘이 없어 보이는 또 한 명, 그리고 나와 같은 중학교 1학년이었다. 쇼트커트 때문인지 개성이 강해 보이는 그 아이는 학교에서 나를 본 적 있다고 했다.

"난 나정민. 집에 동갑 친구가 있으니 낯설어. 근데 좋아."

거리낌 없는 정민이가 내심 거슬렸다. 내 사연을 꼬치꼬치 물을 것만 같아 꺼림칙했다.

"첫날이라 어색하지? 처음엔 다 그래. 난 초등학교 3학년 때 왔어. 길면 6개월 정도 걸릴 거야. 빠르면 두세 달 만에도 적응하지만. 너랑 나랑은 금방 친해지겠지 뭐. 동갑이니까."

정민이는 밥 먹으러 가자며 내 손을 잡았다. 나도 모르게 손을 빼자 정민이가 "너무 훅 들어갔나? 식당으로 와. 한꺼번에 먹어야 엄마가 치우기 편하잖아."라며 나갔다. 초등학교 때 이곳에 오면 엄마 아닌 사람을 엄마라고 부르는 게 가능할까? 나는 고개를 가로저었다. 행방은 모르지만 나에게는 엄연히 엄마가 있는데다, 다른 사람을 엄마로 부르는 건 나를 온몸으로 방어하고 사랑해 준 진짜 엄마를 배신하는 일이니까. 정민이가 6개월 정도, 빠르면 두세 달 만에 적응할 거라고 했지만 나는 그 안에 엄마와 연락이 닿아 여기를 떠나게 되길 간절히 소망했다. 절절히 원해도 번번이 좌절됐지만 습관처럼 기원이 흘러나왔다. 그렇게라도 하지 않으면 벌써 쓰러졌을지도 모를 일이다.

아이들이 우르르 나간 후 멀거니 앉아 있을 때 긴 머리에 청바지를 입은 여자가 들어왔다.

"네가 해미구나. 읍내에 다녀오느라 마중을 못 했네. 나는 사회복지사 백미정이야. 나도 여기서 자라 원장님을 엄마라고 불러. 그러니 언니라고 부르면 돼. 대학을 졸업하고 작년에 사회복지사가 되어 돌아왔지. 그래서 별명이 '연어복지사'야. 오늘 저녁은 네 환영식이야. 메뉴는 천사의집 시그니처 김치찌개와 삼겹살. 너 엄마 김치찌개 먹으면 바로 반할 거다. 자, 식당으로 고 고!"

워, 워, 두 팔을 아래위로 흔들며 텐션을 좀 낮추라고 말하고 싶을 정도로 목소리가 높았다. 이 집은 대체 뭐가 이렇게 명랑하고 떠들썩하고 당당한지 모르겠다. 그래 봤자 나처럼 보호해 줄 사람이 없는 주제들이면서. 갑자기 기운이 쑥 빠졌다. 벌써 시끄럽고 머리 아픈데 견딜 수 있을지, 자신이 없었다. 그렇다고 텅 빈 외할머니 집으로 돌아갈 용기도 없고, 서울 친할머니를 찾아가 봤자 문전박대당할 것이 뻔한 게 내 처지였다. 별수 없이 백미정 선생님 뒤를 줄레줄레 따라갔다.

식탁에 앉으려고 할 때 정민이와 지혜가 '따닥' 하고 종이 폭죽을 터트렸다. 크게 놀라지는 않았지만 그래도 가슴이 할랑할랑 했다.

"오늘부터 우리 가족이 된 진해미를 환영합니다!"

원장님의 선언에 다들 박수를 쳤다. 빠르게 훑어보니 지금까지 본 네 명 외에 두 명이 더 있었다. 둘 다 나보다 언니들인 듯했다. 한 명은 백미정 선생님보다 키가 컸고, 다른 한 명은 키가 작았지만 고등학생으로 보였다.

다행히 나를 세워 놓고 어디서 왔고 어떻게 오게 됐고, 따위의 구질구질한 소개는 없었다. 다만 밥을 먹기 전에 원장님이 큰 소리로 기도했다. 종교의 자유가 있는데 마음대로 기도하다니, 그런 마음이 들었지만 감사하는 게 나쁠 건 없는 데다 얹혀사는 주제이니 여기 법을 따라야 한다는 체념이 밀려왔다. 시도 때도 없이 불쑥불쑥 마음이 치솟다가 순식간에 가라앉은 지 꽤 됐다. 하긴 지금 내 처지에 마음이 평온하면 그게 더 이상한 일이다. 게다가 심통 부릴 대상이 없긴 해도 나는 분명 사춘기다. 받아 줄 상대가 없는 사춘기야말로 탄산 빠진 사이다보다 못하다는 것도 일찌감치 간파했다.

백미정 선생님 말대로 김치찌개는 확실히 맛있었다. 엄마가 사라진 이후 먹은 음식 가운데 최고였다. 하긴 그때 이후 대개 인스턴트식품이거나 여기저기서 공급받은 마른반찬이 고작이었으니까.

"우리딸, 김치찌개만 먹지 말고 삼겹살도 먹어야지. 아, 해 봐."

원장님이 삼겹살을 상추에 싸서 뒤로 몸을 빼는 내 입에 기어코 밀어 넣었다. '우리딸'은 습관성인 듯했다. 아이들이 "엄마 엄마!" 하면 "왜, 우리딸!"이 자동적으로 흘러나왔다. 세뇌시키는 게 분명했다. 오자마자 '우리딸'을 주입해서 그룹홈이라는 이름에 걸맞은 가족처럼 살자고 가스라이팅하는 걸까. 그 세뇌에 아이들이 쉽게 넘어가서 다들 엄마, 엄마 하는 게 한심해 보였다. 아무리 시간이 지나도 나는 세뇌당하지 않겠다고 다짐했다. 굳이 결심하지 않아도 나는 절대 그럴 리 없다는 자신감이 불쑥 올라왔다. 비록 헤어져 있지만 엄마와 나의 결속을 허물 사람은 결코 없을 테니까. 함께 고초를 겪으면서 눈물 젖은 끈으로 서로를 꽁꽁 묶었으니까.

별다른 환영식 없이 식사 시간이 끝났다. 다행스럽게 생각하며 주춤주춤 일어서는데 입꼬리가 눈에 닿을 만큼 크게 웃으며 들어서는 남자가 있었다. 아이들이 우르르 달려 나가며 "아빠 아빠!" 소리치고 엉겨 붙느라 정신이 없었다. 그 틈에 슬그머니 방으로 돌아왔다.

잠시 후 정민이가 "과일 먹어. 아빠가 망고 사 왔어. 망고 귀한 거다."라고 했지만 나는 고개를 좌우로 흔들었다. 그 순간 식당에서 왁자한 웃음이 터져 나왔다. 망고 향이 방 안까지 밀려들 때 그날의 악몽이 되살아났다. "돈 없어 죽겠는데 이런 비싼 거 처먹냐."라며 우악스럽게 엄마 어깨를 잡고 쓰러뜨리던 험상궂은 아빠 얼굴. 나도 모르게 고개를 파묻고 덜덜 떨다가 흐느껴 울었다.

2

세상은 이해할 수 없는 일투성이다. 꿈은 이루어진다, 꿈꾸는 대로 된다, 그런 말은 누가 만들어 냈을까. 내가 꿈꾼 적 없는 낯선 마을로 와서 생전 본 적 없는 사람들과 함께 사는 일을 어떻게 받아들여야 하나. 그에 앞서 4학년 때까지 화목했던 우리 집이 어떻게 일순간에 무너질 수 있는지 그게 의문이다.

행복은 거창한 게 아니다. 가족이 아침에 나갔다가 저녁에 다시 모이기만 해도 행복한 거다. 4학년 때까지 나는 행복을 의식하지 않는 가운데 행복했다. 엄마의 고민은 이미 중학교 수학 선행학습을 하는 아이들이 있어, 나를 학원에 보내야 하나 어쩌나 그런 정도였다.

아빠는 회사에 다녔고, 마트에서 일하는 엄마는 내가 피아노 학원과 영어 학원을 마치고 올 때쯤 돌아왔다. 엄마가 저녁밥을 지을 때 나는 주방 식탁에서 수학 학습지를 풀었다. 엄마는 "중학교 수학은 6학년 겨울방학에 시작해도 된다더라. 엄마가 다 알아봤어. 수학은 개념이니까. 너는 공부가 가장 쉬운 애여서 걱정 안 해. 우리딸 좋아하는 거 다 해 줄 테니까 열심히만 해."라고 나를 부추겼다. 때마침 돌아온 아빠는 "이렇게 열심히 하면 판검사 되겠네. 아니 의사가 더 좋을까?"라며 나한테 엄지척을 보냈다.

엄마는 아빠를 '땡칠선생'이라고 불렀다. 7시 '땡' 하면 집에 들어온다고 해서 붙인 별명이다. 엄마가 차린 저녁밥을 먹을 때면 아빠는 "맛있다."를 연발해 엄마를 기쁘게 했다. 그러다가 아빠가 "이거 마트에서 파는 밀키트 아냐?" 하고 짓궂게 물으면 엄마는 "그냥 넘어가면 안 되냐? 유통기한 간당간당해서 대폭 세일하는 거 득템했다. 어쩔래."라며 티격태격했다. 그러다 아빠가 "맛있어. 이거 내일 또 해 달라 이거지." 하며 싱거운 다툼을 끝내곤 했다.

저녁을 먹은 아빠와 엄마는 가위바위보로 설거지 당번을 정하고도 도란도란 함께 정리하는 사이좋은 부부였다. 엄마가 "다른 집 애들은 초등학교 때 사춘기가 와서 머리 아프다는데 우리딸은 성격 좋아서 중학생 되어도 사춘기 안 올 거야."라며 나를 치켜세울 때 정말 그럴 것 같았다. 그 시절, 모든 게 쾌청했다.

손바닥만 한 구름이 위험한 걸까. 작은 구름이 우리 집 위에 떠 있긴 했다. 아파트 대출금을 빨리 갚아야 한다는 게 아빠의 고민이었다. 목돈 만들 방법은 주식밖에 없다는 아빠의 말에 엄마가 "한 번 말아먹었으면 됐지. 또 그 소리. 다시 주식하면 가만있지 않을 거야."라고 소리 질러 가끔 다툼이 벌어지곤 했다.

엄마한테 "한 번 말아먹은 게 뭐야?"라고 물었을 때 "네가 어릴 때 좀 어려운 일이 있었어. 이제 괜찮아."라고 했다. 그래도 걱정이 되어 "대출금이 많아?" 하고 묻자 엄마는 "서울에 집 가진 사람들, 이 정도 대출금은 다 있어. 엄마도 벌고 있으니까 곧 갚을 수 있어. 우리딸은 아무 걱정 마."라며 내 등을 두드렸다.

손바닥만 한 구름이 끈질기게 우리를 맴돌다 어느 순간 먹구름으로 바뀌었고 비에 젖는 날이 많아졌다. 땡칠선생이었던 아빠가 땡팔, 땡구로 점점 퇴근이 늦어졌고, 늦게 오는 날은 어김없이 술에 잔뜩 취한 상태였다.

"술 마셔서 나빠진 간이 겨우 회복됐는데 왜 또 마셔. 알코올 중독은 간이 아니라 정신이 무너진다고 의사가 그렇게 경고했는데."

그때 처음으로 아빠가 예전에 술을 많이 마셔 간이 아팠다는 걸 알게 됐다. 아빠 엄마의 말다툼이 잦아져 내 마음이 자꾸만 무거워졌다. 다투다가도 곧 잠잠해져서 그나마 마음이 놓였지만 그날은 달랐다. 술 좀 그만 마시라는 엄마의 말에 많이 취한 아빠가 벽력같이 소리 질렀다.

"내가 그때 들어간다고 할 때 당신이 말리지 않았으면 됐잖아. 동학개미들이 기세 올린 뉴스 나올 때마다 속 터져서 마신다, 어쩔래? 우리 부서 장 과장이 얼마나 번 줄 알아?"

엄마도 지지 않고 큰소리를 냈다.

"예전에 주식으로 목돈 날린 악몽 때문에 말렸지. 그렇게 오를 줄 알았나. 그리고 다른 때는 내 말 안 들으면서 그때는 왜 그렇게 잘 들었대? 돈을 못 벌었지 손해 본 건 아니니까 그만해."

그러자 아빠가 소파 등받이를 내동댕이치며 더 큰 소리로 윽박질렀다.

"금리는 나날이 오르고, 쥐꼬리만 한 월급은 이자로 다 나가고, 할매는 이 집 살 때 보태 준 돈 갚으라고 닦달이고. 내가 조여서 죽을 판이라구. 앞으로 내가 뭘 하든 절대 간섭하지 마. 나도 감이라는 게 있으니까. 술은 괜히 마시는 줄 알아? 교제하면서 정보 교류 하는 거라구. 두고 봐. 한 방이면 끝나."

할매는 아빠가 기분 나쁠 때 할머니를 부르는 호칭이다. 아빠와 엄마 목소리가 커질수록 내 가슴은 점점 오그라들었다.

"한 방? 또 주식하겠다는 거야? 동학개미 열풍은 다시 안 올 거라는데 뭘 또 하겠다는 거야. 전셋집 얻으려고 모았던 돈을 주식으로 다 날리는 바람에 대출받고 아버님한테 도움받아 겨우 이 집 장만한 거잖아. 알지도 못하는 주식 그만하고 제발 착실하게 살자."

"빨리 돈 갚으라고, 못난 놈이라고 할매가 맨날 난린데 착실하게 해서 언제 갚아.”

심각한 일이 벌어지고 있는 게 분명했다. 엄마가 “네가 어릴 때 좀 어려운 일이 있었어.”라고 했던 말이 떠올라 불안했다.

“그냥 차근차근 갚으면 되지. 나도 열심히 벌고 있잖아. 그러니 주식 타령 그만해.”

“시류에 뒤떨어지기는. 누가 요즘 주식해. 가상화폐가 대세라는 것 정도는 알아야지. 코인하고 장외주식에 투자해서 한 방씩 팍팍 터지면 싹 다 정리되니까 잔소리 그만해. 그리고 할매가 차근차근 기다려 준대? 회사까지 전화해서 폭풍 잔소리로 사람 숨 넘어가게 하는데.”

나는 방문을 조금 열어 놓고 바깥 동향을 살피며 가슴 조리다가 동학개미, 코인, 장외주식 같은 걸 검색해 봤다. 코로나19 초기에 주가가 크게 하락했을 때 많은 사람이 우량 주식을 싼값으로 사서 돈을 벌었고, 우량 주식이 원래 가격으로 되돌아가 다시 그런 기회는 오지 않을 거라고 했다. 코인과 장외주식은 검증이 되지 않아 위험하다는 의견이 많았다.

“노 페인, 노 게인 몰라? 위험부담을 감수해야 열매를 얻을 수 있다고!”

“노 페인, 노 게인은 고통 없이 얻는 게 없다는 뜻이지, 위험하게 마구 뛰어들라는 뜻이 아니잖아.”

“시끄러워! 고통이든 위험부담이든 알아서 할 테니 참견 마.”

그때까지만 해도 아빠 엄마는 입씨름만 했고, 삐친 아빠가 서

재에서 잠을 잔 뒤 아침 안 먹고 출근하는 정도에 그쳤다. 나는 걱정하면서도 아빠와 엄마가 잘 해결할 거라고 믿었다.

어느 날부터인가 저녁 7시가 되어도 아빠는 돌아오지 않고, 몇 번 끓여 짜기만 한 된장국으로 9시에 식사하는 날이 많아졌다. 그날은 10시까지 기다려 보기로 했고 그때까지 아빠가 오지 않아 엄마와 말없이 밥을 먹고 있는데 아빠가 비틀거리며 들어왔다.

"대체 왜 이래. 뭐 잘못됐지? 그래서 매일 술 먹는 거지? 뭐야. 실토해!"

엄마가 소리 지르자 갑자기 아빠가 엄마를 바닥에 밀어뜨리면서 소리 질렀다.

"왜, 집에서 나 잘못되라고 빌고 있었냐? 뭘 실토해. 니가 뭔데. 사나이 가는 길 다 막아 놓고. 이제 와서 잔소리야. 너 때문에 다 망했어."

아빠가 쓰러진 엄마를 발로 차는 순간 더 이상 우리 집은 행복하지 않다는 휘슬이 울린 것 같았다.

그날 이후 되풀이된 악몽은 떠올리기조차 끔찍하다. 매일 술을 마시고 들어온 아빠가 엄마를 두들겨 패기 일쑤였다. 내가 울면서 뜯어말렸고, 그러다 셋이 엉켜서 엉망이 되기도 했다. 아빠가 쓰러져 잠들면 엄마는 아픈 몸을 추스르며 "아빠 미워하지 마. 술 마셔서 정신없어 그런 거야."라며 우는 나를 달랬다.

"아빠가 어릴 때 할머니한테 많이 맞아서 마음에 병이 생겼어.

그때 제대로 치료를 했으면 좋았을 텐데. 술 마시면 할머니한테 맞았을 때 풀지 못한 분노가 되살아나는 것 같아."

엄마는 내가 많이 컸고, 아빠를 이해할 나이가 되어서 설명해 주는 거라고 했다.

"에휴, 분노조절장애가 가라앉은 줄 알았는데, 힘든 일 생기면서 도졌나 봐, 어떡해."

엄마가 길게 한숨을 지었다.

"할머니한테 맞았는데 왜 엄마한테 화풀이야. 아빠 나빠."

엄마는 나를 꼭 끌어안으며 말했다.

"마음에 병이 들면 어른도 스스로를 제어하지 못하게 돼. 아빠가 지금 많이 힘들어서 그렇지 곧 좋아질 거야. 그러니 마음에 담아 두지 마."

엄마는 자신이 아픈 것보다 내가 상처받을까 봐 걱정했다. 엄마의 당부에도 친절하던 아빠가 변한 게 잘 이해되지 않았다.

며칠 지나지 않아 아빠가 엄마에게 소리 지를 때 투자한 코인이 휴지 조각 되고 장외주식도 사기당했다는 걸 알았다. 아빠의 투자금이 다 사라졌다는 뜻이었다. 아빠가 더 난폭해질 게 분명해 몸이 와들와들 떨렸다. 엄마가 이제 어쩔 거냐고 소리칠 때 뜻밖에도 아빠가 힘없이 주저앉았다.

"가난한 너랑 결혼했다고 맨날 잔소리하는 할매한테 본때를 보이고 싶었는데. 니가 동학개미 때만 안 말렸으면 다 좋아졌을 텐데."

아빠의 말에 엄마는 눈물만 흘렸다. 아빠와 엄마는 밤새 의논했고, 다시 착실히 살아 보자며 의기투합했다.

아파트를 팔아 그 돈으로 대출금과 할머니에게 진 빚을 갚았다. 대신 우리는 아파트 건너편의 연립주택 반지하로 이사했다. 어른들이 연립주택에 사는 애들을 아파트 놀이터에 오지 못하게 하면서부터 교실에서도 아파트 애들과 연립주택 애들이 갈라져 서로 대화도 하지 않을 때였다. 갑자기 아파트에서 연립주택으로 이사 간 나는 여기도 저기도 끼지 못하는 처지가 됐다.

하지만 그걸로 고민하거나 부끄러워할 여유조차 없었다. 여차하면 아빠, 엄마의 싸움이 다시 시작될지 모른다는 두려움 속에서 나는 조금이라도 걸리적거리지 않기 위해 조심했다. 여기서 더 나빠지면 가족이 뿔뿔이 흩어질지 모른다는 불안감이 엄습했기 때문이다. 아이든 어른이든 불행 앞에서는 민감한 촉수가 발현되니까.

엄마는 지금이라도 마음잡고 열심히 하면 곧 회복될 거라고 아빠를 달랬다. 아빠도 고개를 끄덕이며 그렇게 하겠다고 했지만 술이 문제였다. 밤새 술 마시며 컴퓨터를 들여다보다 늦게 출근하거나 결근하는 날이 늘어났다. 엄마 말대로 지나간 건 잊어야 하는데 아빠는 술 마시고 계속 놓쳐 버린 돈타령을 했다. "지겨우니 그만하라."는 엄마와 자주 싸우더니 아빠가 회사에서 쫓겨나면서 모든 게 돌이킬 수 없는 수준으로 고꾸라지고 말았다.

자신의 잘못으로 회사에서 쫓겨났으면서 모든 걸 엄마한테 뒤집어씌우며 폭력을 쓰는 게 아빠의 일상이 되어 버렸다. 아빠가 술을 마시고 정신없어서 그러니 미워하지 말라는 엄마 말에도 아빠가 자꾸만 미웠다.

지금이라도 마음잡고 살면 곧 회복된다던 엄마의 희망은 아빠의 음주 앞에서 흐물흐물 무너져 내렸다. 몸을 가누기 힘들 정도로 맞고도 아침이면 밥을 차리고 끙끙거리며 마트로 출근하는 엄마의 뒷모습을 보며 나는 울면서 학교에 가곤 했다.

퇴근하고 돌아온 엄마가 제발 술 좀 그만 마시라고 말했을 뿐인데 종일 술에 취해 사는 아빠는 다 너 때문이라며 발로 차고 때리기 일쑤였다. 엄마가 "제발 정신 차려, 나도 힘들어."라고 말하면 아빠는 "니가 돈 벌어 온다고 유세냐." 하며 또다시 주먹을 휘둘렀다.

아파트 때와 달리 허술한 월세방에서는 다투는 소리가 밖으로 새어 나갔고, 옆집에서 신고했는지 경찰이 오기도 했다. 엄마는 경찰에게 "괜찮아요. 남편이 술 취해서 그릇 몇 개 깼어요." 하고 둘러댔다. 내가 도망가자고 했지만 엄마는 고개를 가로저었다. 엄마는 어떻게든 예전으로 돌아갈 수 있다고 믿었고 나도 그렇게 되길 간절히 바랐다.

할머니에게 전화해 도와 달라고 하자 싸늘한 목소리가 돌아왔다.

"시골 촌년하고 만날 때부터 알아봤어. 좋은 혼처 마다하고 기어코 가난한 년하고 결혼하더니 꼴좋다. 니 에미가 내 아들 못 쓰게 만들었으니 니 엄마 책임이야. 전화하지 마라."

명절 때 만나도 할머니는 엄마를 벌레 보듯 했다. 할머니는 "에그, 지 에미 판박이네. 촌스러워."라며 나까지 외면했다. 할아버지가 "애한테 왜 화풀이냐."며 내 등을 쓰다듬어 주어 그나마 미움을 누를 수 있었다. 그런 할머니여서 기대도 하지 않았지만 막상 거절당하고 나니 막막했다.

6학년 겨울방학이 되었지만 수학 선행학습은커녕 영어 학원도 다니지 못하게 된 나는 자주 쓰러지는 엄마를 대신해 밥을 짓고 청소하며 예전으로 돌아가기만 바랐다.

선행학습으로 무장한 아이들과 함께 중학교에 입학하던 날 아빠는 술에 취해 아침부터 엄마를 때렸고, 나는 혼자 입학식에 참석했다. 길 건너편 아파트 살 때의 땡칠선생으로 돌아가는 일은 아무래도 불가능해 보였다. 아빠를 미워하지 말라고 나를 다독이던 엄마의 말수가 점점 줄어들었다. 아빠를 변하게 한 술에 아빠는 점점 더 의존했다. 대체 이 악순환이 언제 끝날지, 알 수 없어 답답했다. 내가 성인이 되려면 6년을 기다려야 하는데, 그 기간을 견딜 수 있을지 의문이었다.

모든 게 회색일 때 결국 사달이 나고 말았다. 술에 잔뜩 취해 아침에 들어온 아빠가 얼마 남지 않은 살림을 부수기 시작했다. 몸도 가누지 못하면서 어디서 그런 힘이 나오는지 궁금할 정도였다. 엄마는 우유와 빵을 주면서 빨리 학교 가라고 내 등을 떠밀었다. 울면서 학교에 갔다가 마음이 너무 불안해 3교시 마치고 집으로 달려왔다.

집 안을 엉망진창으로 만든 아빠는 또 소주를 마시고 있었다. 쓰러져 있는 엄마 머리에 피가 흥건했고 "엄마, 엄마!" 불러도 대답이 없었다. 가슴이 마구 뛰며 눈물이 쏟아졌지만 수업 시간에 배운 대로 119에 전화했다. 곧바로 달려온 구급대원들이 엄마를 들것에 눕혀 싣고 갈 때 따라 나가려 하자 아빠가 혀 꼬인 목소리로 말했다.

"어딜 도망가."

"지금 엄마가 머리를 다쳐서 정신을 못 차려. 죽을지도 모른단 말야. 병원에 가 봐야 해."

"그거 다 꾀병이야. 물이나 가져와."

벌벌 떨리는 손으로 아빠에게 물을 주고 나가 보니 구급차가 보이지 않았다. 119에 전화해 사정 얘기를 하자 병원 위치를 알려 주었다. 집에서 꽤 떨어진 병원에 도착했을 때 간호사가 오히려 걱정하며 말했다.

"그 환자, 상태가 안 좋은데 어디로 사라져 버렸어. 응급처치만 겨우 했는데. 구타를 지속적으로 당했는지 여기저기 상처도 많던데. 경찰서에 연락해 놨으니까 집에 가서 기다려. 연락 오면 알려 줄게."

이상하게 마음이 착 가라앉았다. 차라리 잘됐다고 생각했다.

더 이상 아빠한테 맞지 않을 테니까. 엄마만 안전하면 나는 어떻게 되든 상관없었다.

그날 이후 엄마의 행방이 묘연했다. 안전한지 어떤지도 확인할 길이 없었다. 답답한 마음에 경찰서까지 찾아갔을 때 경찰 아저씨는 "별일 없을 게다. 만약 무슨 일이 있으면 어디서든 연락이 왔겠지. 그러니 걱정 말고 기다려. 찾으면 꼭 연락해 줄게."라고 나를 위로했다.

엄마가 사흘 동안 들어오지 않자 오랜만에 술을 마시지 않은 아빠가 퀭한 얼굴로 나를 할머니 집에 데려갔다. 우리가 살던 아파트에서 두 블록 떨어진 곳에 자리한 초고층 아파트에서 꽃무늬 실크 가운을 입은 할머니가 "어휴 누구서?"라며 마뜩잖은 표정을 지었다. 주춤주춤 소파에 앉은 우리 부녀를 보고 할머니가 혀를 찼다. 아빠가 몇 마디 하자 얘기를 다 듣지도 않은 할머니가 두 가지 명령을 내렸다. 아빠는 알코올중독 치료센터에 들어가고 나를 외할머니에게 보내라는 것이었다. 할머니가 방으로 들어가 버리자 옆에 어정쩡하게 서 있던 할아버지가 지갑에 있는 돈을 모두 꺼내 나에게 주면서 말했다.

"에그, 어쩌누. 여기 있어 봤자 저 성질머리에 니가 더 고생일테니 외할머니 댁에 가서 좀 기다리는 게 낫겠다. 무슨 소식 오면 이 할애비가 바로 알려 주마."

우리를 배웅하기 위해 엘리베이터를 타고 1층에 내린 할아버지가 갑자기 밖으로 나갔다. 아빠가 달려가서 잡자 할아버지가 "누구슈?"라고 물었다. 그런 할아버지에게 아빠가 "아버지까지 왜 이러세요."라고 했다. 멍한 표정이던 할아버지가 고개를 마구 흔들더니 "안녕히 계세요."라고 인사하는 내 등을 두드려 주었다.

기차를 타고 오는 동안 내내 말이 없던 아빠는 외할머니 집 앞까지 와서 미안하다, 한마디 한 뒤 돌아갔다. 중학교에 입학한 지 석 달도 안 되어 남쪽 바닷가 마을에 버려진 것이다.

외할머니가 나를 몹시 반기지 않았다면 어떻게 되었을지 내 마음 나도 모른다. 유치원 때 엄마와 함께 왔을 때 바닷가에서 놀았던 희미한 기억뿐이어서 외할머니 집은 생소하기만 했다. 방 두 칸에 작은 부엌이 딸린 오래된 집의 마당에 잡풀이 우거져서 바람이 불면 스스스 소리가 났다. 귀신이 방 안에 함께 앉아 있어도 이상할 게 없을 정도로 을씨년스러웠다. 그래도 외할머니가 굽은 허리를 두드리며 끓여 준 구수한 된장찌개와 내가 만든 계란프라이, 옆집 집사님이 준 고들빼기김치와 세발나물무침으로 밥을 먹고 뜨끈한 아랫목에 누우면 잠이 솔솔 왔다. 하지만 작은 평안도 이내 사라지고 말았다. 외할머니가 부엌에서 넘어진 후 제대로 걷기 힘들어지자 동네 어른들이 드나들더니 외할머니는 요양원으로 가고 나는 그룹홈에 오게 된 것이다.

가라앉은 찌꺼기를 휘휘 저은 듯 지난 기억들이 불규칙적으로 떠올라 그룹홈에서의 첫날을 뜬눈으로 지샜다. 그동안 숨 가쁘게 바뀐 환경 때문에 슬퍼할 겨를조차 없었던 나는 밤새 눈물을 줄줄 흘렸다. 외할머니 집에 있을 때만 해도 아빠나 엄마가 연락하지 않을까, 혹시 할아버지가 나를 데리러 오지 않을까, 기대했지만 어떤 조짐도 없었다. 그룹홈에 들어서는 순간 더 이상 기대할 게 없다는 걸 인정했다. 외할머니가 요양원에 갈 때 군청에서 이리저리 연락했으나 나를 돌보겠다는 어른이 없어 대기자가 있는 데도 온 거니까.

버려졌다는 걸 받아들여야 했다. 그래도 엄마만은 아닐 거라 믿고 싶었다. 그날 머리를 크게 다쳐 나를 기억하지 못하는 것일 뿐. 그렇지 않고서는 엄마가 나를 이대로 버려둘 리 없으니까. 눈은 떴지만 자리에서 바로 일어나고 싶지 않았다. 아이들이 노래처럼 '엄마 엄마' 부르고 원장님이 '우리딸'이라고 호응하는 이곳에서 내가 과연 버텨 낼 수 있을까.

3

눈치껏 천사의집 분위기를 파악했다. 누가 나서서 분명하게 소개하는 사람은 없었다. 모두가 나를 오래전부터 같이 살아온 사람처럼 대했다. 어쩌면 내가 먼저 질문하기를 바라는지도 모른다. 나는 그럴 의도도 의지도 없건만.

방음이 제대로 되지 않는 오래된 집에서 방문을 열어 놓고 지내서인지 웬만한 정보는 저절로 굴러왔다. 오며 가며 주워들은 말과 방 안까지 날아온 말을 꿰맞추다 보니 며칠 만에 집안 사정을 거의 알게 됐다. '수선화방'에는 고등학교 3학년 전미지와 1학년 고은영, 유치원생 윤한나가 지내고 '백합화방'은 중학생인 나와 나정민, 초등학교 3학년 김지혜와 2학년 한유리가 쓴다. 백미정 선생님은 숙직실에서 지내고 김사론 원장님과 강요한 대표님은 주방 옆에 있는 작은방에서 산다. 그룹홈에는 사회복지사 한 명만 머물도록 법이 바뀌어 곧 뒤곁에 컨테이너 방을 꾸밀 거라는 말도 들려왔다.

아이들 이름은 다 알지만 부를 일은 없었다. 말을 하지 않기로 마음먹은 데다, 나의 냉랭한 태도에 아이들도 다가오지 않았기 때문이다. 바로 옆자리의 유리가 내 자리로 기어들어 왔을 때 "네 자리로 가."라고 하는 게 고작이었다. 그래도 자꾸 엉겨 붙어 억지로 떼어 냈더니 갑자기 거실로 나가 뒹굴며 소리 질렀다. 그러자 백미정 선생님이 유리를 안고 갔다.

주무관님이 걱정했던 바로 그 아이였다. ADHD 약을 줄인다고 하더니 첫날 몽롱해 보이던 모습과 달리 빠릿빠릿할 때가 대부분이었다. 그러다가도 잘 시간이 되면 투정이 심해졌다. 부모와 헤어진 데다 아프기까지 하니 혼자 잠드는 게 힘든 듯했다. 나도 그랬으니까. 아빠 엄마가 시도 때도 없이 싸울 때와 외할머니 집에서 지낼 때 자다가 깨는 일이 잦았다. 여기 와서도 자다가 벌떡 일어나곤 했다. 그러니 아직 어린 유리는 오죽하랴. 하지만 그 아이를 안고 잘 만큼의 여유는 내게 없었다. 나의 관심은 어떻게 하면 여기를 빨리 떠날 수 있을까, 거기에 쏠려 있었다. 가능성이 희박한 데도 마음만은 절실했다.

아빠가 매일 술을 마셔 집을 지옥으로 만들었을 때와 친할머니 집과 외할머니 집을 전전할 때와 비교하면 훨씬 나은 환경으로 옮겨 온 셈이다. 그렇다고 마음까지 편해진 건 아니다. 원치 않는 형태의 가정에서 언제까지 살아야 하는지, 어떻게 해야 엄마를 만날 수 있는지, 그 어떤 것도 알 수 없다는 게 답답했다.

지나친 친절도 피해를 준다는 걸 여기 와서 깨달았다. 마음이 복잡하고 아무 의욕도 없는 나에게 거리낌 없이 다가온 아이들은 내가 여러 번 거절해도 전혀 타격받지 않았다. 언니 언니 하면서 따라다니는 지혜도 귀찮고, 밀어내도 쿨한 척하며 다가오는 정민이도 가증스럽다. 내가 싫은 티를 내면 정민이는 인상을 확 찌푸리다가도 금방 다시 말을 걸었다.

"적응 기간은 상처의 깊이에 비례하는 법, 기다려 줘야지 뭐. 다만 너무 오래 가면 다들 피곤해진다는 거, 알아 둬라."

듣기에 따라 상당히 도발적인 말을 마치 나를 생각해 준다는 듯한 어투로 내뱉었다. 상처가 깊어서 적응하지 못한다고 단정하는 것도 기분 나빴다. 나는 무조건 대응하지 않기로 마음먹었다. 가만히 보니 나처럼 복잡한 아이는 없는 것 같았다. 아주 어려서, 혹은 초등학교 저학년 때 가정이 해체되면 오히려 쉽게 적응하는 걸까. 어려서 기억이 없거나, 기억을 잊은 듯한 아이들보다 그래도 내가 낫다는 생각이 들었다. 나쁜 기억이 내리누르는 틈새를 뚫고 올라오는 좋은 기억들이 나를 지탱해 주니까. 어쩌면 나는 너희와는 달라, 하는 생각으로 스스로를 달래고 있는지도 모를 일이다. 분명한 건 적응하기 힘든 것보다 적응하고 싶지 않은 쪽이 더 크다는 사실이다.

지난주 생일 케이크 앞에서 호들갑을 떨던 정민이가 안쓰러우면서도 민망했다. 케이크도 생크림만 잔뜩 바른, 제일 싼 거던데 고맙다고 호호거리며 "엄마 사랑해!"를 남발하는 모습이 유치하고 측은해 보였다.

내 생일에는 생과일을 잔뜩 올린 케이크에 아이스크림 케이크까지 두 개는 기본이었는데. 4학년까지 꼬박꼬박 고급 케이크에 선물을 받고 놀이동산까지 간 내 눈에는 허접한 케이크에 감격하는 정민이가 불쌍할 지경이었다. 그날 케이크를 접시에 담아 줄 때 나는 일부러 한 입도 먹지 않았다. 내가 싸구려 케이크를 먹던 아이가 아니라는 걸 알리고 싶은 의도도 있었지만 케이크를 먹으면 옛 생각이 더 날 것 같아서였다. 정민이는 그것도 모르고 "너 생크림 먹으면 설사하니? 우린 식구들 생일마다 케이크 먹어서 괜찮은데."라고 했다. 크긍, 하고 콧소리가 날 뻔한 걸 간신히 참았다.

4학년까지만 해도 누구 못지않게 재잘댔던 나는 안으로 안으로 말려 들어가는 중이다. 겉으로는 잠잠한 듯 보이지만 속은 활활 타오르고 있어 누구든 건드리면 불을 뿜어 태워 버릴 것 같았다.

크리스마스가 가까워지자 안 그래도 시끄러운 천사의집이 꼬리에 방울을 단 강아지라도 들어온 듯 호들갑에 난리법석이었다. 트리 하나 만드는데 무슨 기념탑이라도 건립하는 양 시끄럽기

이를 데 없었다. 개성 있는 트리를 세우기 위해 장식을 직접 만든다는 말도 다 핑계 같았다. 비싼 장식을 살 형편이 안 되어 만들어 낸 구실이 분명했다. 정민이는 완전히 사라지지 않고 얼쩡거리는 코로나 박멸할 무기를 만들 거라고 떠벌였다. 그러더니 갑자기 방으로 들어와 "너도 와서 만들어. 너는 만들고 싶은 거 없어?"라고 했다. 나는 고개를 좌우로 흔들며 너무 시끄럽다는 항의를 담아 인상을 좀 썼다.

크리스마스 때마다 백화점에서 산 장식물로 집 안을 화려하게 꾸며 본 내가 구질구질하게 이것저것 오려 붙이는 일에 끼고 싶지 않았다. 갑자기 정민이가 목소리를 높였다.

"너, 나 무시하는 거냐? 나도 성질 있어. 더 이상은 못 참아. 동생도 아니고 같은 나이인데 언제까지 내가 널 봐줘야 하니? 그동안 더럽고 치사해도 엄마가 천사의집 선배로서 친절을 베풀라고 해 최대한 잘해 줬는데 내가 말할 때 대꾸하는 법이 없어. 내가 그렇게 만만해? 너 서울에서 왔다며? 시골에 오니 다 우스워? 씨바 존나 짜증나네."

정민이 말에 좀 찔리는 구석은 있지만 욕까지 들을 정도는 아니라고 생각되었다.

"말해 보라고. 내가 여기서 몇 년을 살았지만 너같이 재수 없는 년은 처음이야. 마음을 여는 데 시간이 걸리는 건 알아. 그렇더라도 다들 말은 받아 주는데 너는 온 지 한 달이 지났는데도 한마디를 안 해. 나는 뭐 자존심도 없는 줄 아니? 엄마 당부 때문에 꾹 참고 지금까지 너 비위 맞췄는데 더 이상은 못 해. 존나 재수 없어."

정민이가 바락바락 소리 지르자 원장님이 들어왔다.

"우리딸들, 왜 이렇게 소란스러워."

"씨바 존나 싸가지 없잖아. 지가 뭔 상전이야? 밥 먹을 때도 늘 부르러 와야 하고, 침대도 제일 좋은 안쪽을 줬으면 고마운 줄 알아야지. 그런 거 하나도 모르잖아 씨바."

"또, 또, 예쁜 말 쓰라고 했잖아."

원장님의 말에 정민이가 "아차, 실수. 뚜껑 열려서 나도 모르게."라며 킬킬거렸다. 원장님이 "정민아. 기다리자고 했잖아."라고 할 때 불쑥 "엄마, 뭘 기다려. 언제까지 기다려."라는 목소리가 들렸다. 고등학교 3학년 전미지였다.

"엄마, 쟤 진짜 손 좀 봐야 해. 나랑 은영이도 본체만체해. 언니라고 생각 안 하는 거지. 미정 언니까지 쌩깐다니까. 미정 언니는 엄연히 사회복지사 샘이잖아. 누구는 처음 왔을 때 안 어색했어? 누구는 상처 없어? 아빠, 엄마가 희생하며 돌봐 주는 데도 마음에 안 든다, 그거잖아. 그렇게 우리 집이 싫고 같잖으면 나가든가."

"미지야. 말조심. 아직 온 지 얼마 안 돼 어색해서 그런 거잖아."

"엄마, 내가 죽 지켜봤어. 온 지 얼마 안 돼서가 아니라 애가 기본이 안 되어 있어. 일단 사람을 쳐다보질 않아. 개무시하는 거지. 자기는 여기 올 애가 아니다, 유세 떠는 거지. 저 하나 때문에 모두가 불편한데 눈도 깜짝 안 하잖아. 내가 퇴소하기 전에 기강을 잡고 말 거야. 재 때문에 동생들 피곤한 거 나 못 참아."

전미지의 말을 듣고 처음으로 내가 모두를 피곤하게 한다는 걸 알았다. 그냥 내가 너무 괴로워서 말하지 않는 것뿐인데, 왜 싸가지 없다는 걸까. 전미지는 수선화방이어서 마주칠 일도 별로 없는데 왜 저렇게 화가 났을까. 나 때문에 피곤하다니 신경은 쓰이지만 과연 그게 내 탓일까, 그런 생각이 마구 올라왔다.

"미지가 언니로서 그런 책임감 갖는 건 좋은 일이야. 정민이가 친구를 위해 애쓴 것도 기특하고. 그래도 해미가 마음을 열 때까지 기다려 주자. 해미야, 쉬어. 자, 우린 나가자. 트리 완성해야지."

나는 언제 말하고 싶을까. 과연 그날이 올까. 미안한 마음보다 그런 생각이 먼저 들었다.

거실이 갑자기 왁자지껄해졌다. 강요한 대표님이 "내가 산타 할아버지랑 친구 먹은 거 알지? 내가 말하면 산타 할아버지가 근사한 선물 주실 거야. 너네 선물 뭐 받고 싶어?"라고 하자 지혜가 "그럼 아빠도 할아버지야?"라고 물어 폭소가 터졌다. 갑자기 마음에 휘잉 바람이 이는 것 같았다.

산타 할아버지 대신 아빠가 선물을 준비했다는 걸 1학년 때 알았지만 4학년 크리스마스 때까지 나는 산타가 왔다 갔다며 호들갑을 떨었다. 그러면 아빠와 엄마는 "우리딸은 순수해서 좋아."라며 즐거워했다. 나의 5학년 크리스마스는 트리도 선물도 없이 풍비박산이 났다. 눈물이 주르르 흐르는데 "해미는 무슨 선물 받고 싶어?"라는 말이 들렸다. 아빠 목소리 같아 깜짝 놀라 고개를 드니 강요한 대표님이 웃고 있었다. 대표님이 내 눈물을 닦아 주며 가만히 안아 주었다. 그 순간 정민이와 전미지가 했던 말이 귀에 잉잉거렸다.

'그동안 더럽고 치사해도 먼저 친절을 베풀었는데 내가 말할 때 한 번도 대꾸를 안 해.'

'싸가지가 없어. 일단 사람을 쳐다보질 않아. 무시하는 거지.'

대표님까지 그렇게 생각할까 봐 걱정됐다. 그나저나 나는 뭘 받고 싶지? 내가 받고 싶은 건 엄마 소식뿐인데. 그때 엄마가 겨울이면 두르고 다닌 머플러가 떠올랐다.

"분홍색 머플러요."

"오, 좋아. 내가 산타 할아버지한테 그걸로 부탁할게. 기다려."

대표님이 거실에 나가 "해미는 분홍색 머플러 받고 싶대."라고 하자 정민이가 "아빠, 해미가 말을 했다고? 내일 해가 서쪽에서 뜨겠네."라고 했고 또 와르르 웃음이 터졌다. 처음으로 나도 저들 사이에 끼고 싶다는 생각이 들었다.

4

크리스마스 때 분홍색 머플러뿐만 아니라 나이키 에어포스에다 크롭 패딩까지 선물 받았다. 왜 내가 신발에 패딩까지 받았는지 금방 알게 됐다. 정민이가 백미정 선생님에게 "내가 받고 싶었던 선물을 해미까지 받았어. 나 때문인 거 걔는 고마워하지도 않을 거잖아. 짜증 나."라고 말하는 게 들렸기 때문이다.

"나라에서 너희한테 지급하는 수급비로만 생활하면 이런 선물은 꿈도 못 꾸는데 아빠 엄마가 복지사 월급을 고스란히 너희한테 다 쓰셔서 가능한 거잖아. 학교 가서 기죽으면 안 된다고 최고로 해 주시는 거잖아. 자녀가 없는 아빠 엄마가 너희를 정말 친자녀로 생각해서 그러시는 거잖아."

"알지. 그래도 짜증 나."

그러더니 느닷없이 "나도 나중에 사회복지사 되어서 언니처럼 아빠 엄마 도울까?"라고 말했다.

"미지도 사회복지과 시험 친다던데, 넌 치대 어떠니? 애들이 치과 가는 거 싫어하니까 네가 안 아프게 치료해 주면 좋잖아. 헤어디자이너도 있으면 좋겠고, 메이크업 아티스트도 필요한데."

정민이가 백미정 선생님이 나열할 때마다 그거 해 볼까? 그거 해 볼까? 하며 갈피를 잡지 못했다. 나는 뭘 하면 좋을지 생각해 봤지만 떠오르지 않았다. 과거에 눌려 현재도 제어하지 못하는 내가 미래까지 생각하는 건 너무 버겁다.

"그나저나 아무리 크롭이 유행이라지만 짧은 패딩이 따뜻하겠니?"

"우린 얼죽크라고. 얼어 죽어도 크롭!"

"하긴, 나도 얼죽아니까. 얼어 죽어도 아이스아메리카노!"

백미정 선생님과 정민이가 서로를 '얼죽아' '얼죽크'라고 부르며 히히 웃었다. 5학년 이후로 유행하는 물건은커녕 필요한 학용품조차 갖기 힘들었는데 고가의 선물을 받으니 얼떨떨한 가운데 미안함이 몰려왔다.

사실 천사의집 아이들이 유명 브랜드 점퍼에 비싼 신발을 신고 다녀 좀 궁금하긴 했다. 할머니가 촌구석이라고 말했지만 천사의집 아이들은 서울 아이들과 크게 다르지 않은 모습이었다. 학교에서도 유명 브랜드를 입고 신은 아이들이 꽤 있었다. 이 마을에 김과 전복 양식을 하는 집들이 많고 햇볕과 비가 적당해 농사가 잘된다던 선생님의 설명에 좀 이해가 되긴 했다. 채취한 전복을 다듬거나 김을 말리는 공장에서 일하며 돈 버는 사람들도 많아 전국 농어촌 중에서 가장 부유한 동네라는 게 선생님의 보충 설명이었다.

내가 외할머니와 같이 살았으면 꿈도 못 꿀 선물을 받아 고맙지만 어떻게 표현해야 할지 몰라 잠자코 있었다. 아무리 잘해 줘도 내 처지가 바뀌는 게 아니라는 것 때문에 마음이 점점 가라앉았다.

크리스마스 선물의 감격은 오래 가지 못했고 내 기분은 여전히 바닥이었다. 감사도 표하지 못한 가운데 새해가 왔고, 새해에도 천사의집은 여전히 떠들썩했다. 그나마 달라진 건 내가 정민이 말에 대답 정도는 하게 된 점이다. 내가 반응을 보이자 정민이 마음이 좀 풀린 것 같았다.

이상하게도 김사론 원장님은 전혀 재촉하지 않았다. 나와 마주치면 "우리딸, 밥 맛있었어?"라고 묻는 정도였다. 아이들하고 대화하라는 둥, 좀 더 적극적으로 나서라는 둥, 그런 잔소리를 하지 않는 게 오히려 이상했다. 강요한 대표님 역시 마주칠 때마다 부담스러울 정도로 환하게 웃기만 했다.

기다려 주는 것일 테지만 미리 미안한 마음이 들었다. 아무리 기다리고 잘해 줘도 내가 다른 아이들처럼 티 없이 맑아져 몰려다니는 일은 없을 테니까. 기적처럼 엄마한테서 연락이 와 여기를 나가는 것만이 나의 소망이다. 그렇지 않다면 나는 꼬박 5년을 여기서 지내야 하고, 아무리 짜내도 그 시간을 버틸 인내심은 없다. 전미지가 짐을 쌀 때 고등학교 졸업과 동시에 그룹홈을 나가야 한다는 걸 알았다.

"법으로 정해 놔서 퇴소하는 거지만 내가 너의 엄마라는 건 변하지 않아. 주말에도 오고 방학 때도 오고, 언제든지 와. 여긴 네 집이니까. 점점 법이 까다로워지면서 그룹홈 정원을 일곱 명으로 제한한 거, 너무 야박해. 그래서 뒷마당에 컨테이너 집을 서너 개 만들까 구상 중이야. 방학 때면 예전에 퇴소한 언니 오빠들도 오는데 그룹홈에서 재우면 안 된다는 규정 때문에 다들 그냥 가는 게 아쉬워서 말이야. 너는 오고 싶을 때 언제든지 와. 미정 언니하고 자면 되니까. 군청에서 뭐라고 하면 내가 소리 지르지 뭐. 딸을 못 오게 하는 건 악법 아닙니까? 그러면 자기들이 어쩔 거야. 돈 떨어지면 엄마한테 전화하고."

"엄마도 참. 퇴소하고도 지원받으면 안 되지. 열심히 공부해서 국가 장학금 받고 아르바이트해서 생활비 벌 거야. 대학 생활에 좀 적응되면 엄마가 오지 말래도 올 거니까 그때 우리딸 그만 오라는 말만 하지 마."

전미지의 말이 끝나기 무섭게 원장님은 잔소리를 이어 갔다.

"친구 사귈 때 조심해. 자취방에는 남자든 여자든 들이지 마. 거긴 너만의 공간이니까. 남자 친구는 네가 진실한 사람을 볼 눈이 생겼을 때 사귀면 좋겠어. 너보다 앞서 나간 언니가 시설에서 퇴소한 거 알고 접근해 지원금을 털어 간 놈이 있었거든."

"알았다구, 엄마가 귀 아프게 얘기해서 다 안다구, 나 그렇게 어리숙하지 않아. 걱정 마. 엄마."

원장님이 주의 사항을 몇 번이고 되풀이하는 걸 듣는데 마음 한쪽이 아려 왔다. 저런 얘기는 엄마가 해 주는 건데, 라는 생각 때문에. 엄마는 내가 학교에 갈 때마다 함부로 누구 따라가지 마라, 차 조심해라, 불량 식품 사 먹지 마라, 끊임없이 잔소리했다. 그때는 귀찮았지만, 그게 사랑받고 보호받는 의미라는 걸 이제야 깨달았다. 귀찮기만 했던 잔소리를 엄마한테 듣지 못하게 됐다는 게 너무도 쓸쓸했다. 끝내 엄마가 나를 찾으러 오지 않는다면 나도 5년 후 전미지처럼 퇴소하겠지. 고등학교를 졸업하면 엄마가 없는 세상으로 나가도 되는 걸까? 열아홉 살이 되면 마음속의 불이 꺼지면서 시도 때도 없이 북받쳐 오르는 슬픔이 사라지는 걸까? 그리고 더 이상 엄마 생각이 안 나는 걸까?

아무런 답도 얻지 못한 가운데 개학이 다가왔다. 정민이와 한 반이 되지 않기를 바라며 2학년 첫날 학교에 갔다. 5학년 때부터 내가 원하는 것과 반대 방향으로 펼쳐지던 세상은 이번에도 머피의 법칙을 어김없이 발동했고, 정민이와 같은 반이 되었다. 하긴 한 반이라고 해서 달라질 건 없었다. 그룹홈에서나 학교에서나 계속 외톨이로 지낼 생각이니까. 어디 사는지, 왜 거기 사는지, 그런 질문이 아예 나오지 않게 하려면 내 쪽에서 차단막을

치는 수밖에 없었다. 정민이는 학교에서 나를 그림자 취급했고, 나는 그게 무척 고마웠다.

일주일만 있으면 내 생일이다. 5학년 때부터 생일 따위는 평일에 묻혀 버리거나 그보다 못한 날이 되고 말았다. 그럼에도 생일이 다가오니 엄마 생각이 더 절절히 났다. 엄마는 생일 아침이면 소고기미역국에다 쌀밥을 소복하게 담아 주었다.

"외할머니가 내 생일 때면 봉긋하게 올린 고봉밥을 차려 주셨어. 외할머니가 자랄 때만 해도 쌀이 귀해서 생일 때만 쌀밥을 먹을 수 있었대. 생일만이라도 쌀밥을 배불리 먹으라고 소복이 담아 주신 거지."

엄마의 설명에 아빠가 "우리 엄마는 맨날 외출했으니 생일에도 나는 밥솥에서 누렇게 변한 밥을 퍼먹었어. 고봉밥 그거 좋은 추억이네."라며 부러워하던 게 생각났다.

생일이 다가왔고 버블건에서 끊임없이 나오는 비눗방울처럼 끝없이 올라오는 엄마 생각에 마음을 두들겨 맞은 듯했다. 갈비뼈 사이에 돌이라도 박힌 듯 온몸이 무겁고 욱신욱신 쑤셨다. 종일 이불을 뒤집어쓴 채 누워 있고 싶지만 그랬다가는 원장님과 아이들이 수선스럽게 드나들 게 분명했다. 그러다 내 생일이라는 게 알려져서 저녁에 생크림 범벅 케이크로 파티한다고 할까 봐 겁이 났다.

어디론가 가 버리고 싶지만 별수 없이 학교에 도착했고 밤새 뒤척여서인지 머리가 무거웠다. 2교시 끝나자 잠까지 쏟아져 나도 모르게 책상에 엎드렸다. 조퇴하고 싶었지만 교무실에 갈 용기가 나지 않았다. 쉬는 시간에 경쟁하듯 떠들어 대던 아이들이 일순간 입을 다물었다. 뒷자리에서 "담탱이가 쉬는 시간에 뭔 일이래."라고 소곤거리는 소리가 들렸다. 슬그머니 일어났지만 머리가 아파 고개 숙이고 있자 담임선생님이 다가왔다.

"진해미, 어디 아파? 얼굴이 핼쑥하네. 안 되겠다. 너 이러다 쓰러져. 오늘 조퇴하는 게 좋겠어. 어제 다른 반 애 하나가 쓰러져서 난리 났잖아. 진해미, 가방 싸."

선생님이 내 마음을 읽기라도 한 듯 아무것도 묻지 않고 조퇴시켜 주었다. "나도 엎드려 있을 걸." "우씨, 타이밍 죽이네. 담탱이 딱 들어올 때 엎드려 있다니." 아이들이 구시렁거리는 소리를 뒤로 하고 교실을 나왔다.

교문 건너편 상가가 보였다. 상가를 따라 죽 걸어가면 주택 몇 채가 이어지고 좀 더 걸으면 바다가 나온다. 바닷가에서 실컷 울고 학교가 파할 때쯤 천사의집에 갈 작정으로 터덜터덜 걸었다. 바다에 가서 울려고 했는데 길을 다 건너기도 전에 눈물이 툭 떨어졌다.

생일 따위는 아무래도 상관없지만 작은 희망도 없이 꾸역꾸역 지내야 하는 일이 억울하면서 기가 막혔다. 대체 나는 어떻게 살아야 할까. 아니 왜 살아야 하나. 도무지 답이 떠오르지 않았다. 가슴이 점점 답답해지면서 눈물이 쉴 새 없이 흘러내렸다. 선생님이 우울한 마음이 2주일 이상 계속되면 우울증일 확률이 높으니 혼자 앓지 말고 주변에 알리라고 했지만 누구에게 말한단 말인가. 원장님한테 말해 봐야 짐만 더 안기는 일일 뿐이다. 하늘을 향해 원망하듯 한숨을 푸우 내쉬는데 눈물이 귀로 주르르 들어갔다.

"어, 해미야. 우리딸 해미 아냐?"

우리딸? 혹시 엄마가 온 건가? 황급히 돌아보니 원장님이 환하게 웃고 있었다.

"우리딸, 벌써 끝났어? 오늘 장날이라 뭘 좀 살까 해서 나왔는데 우리딸을 만났네. 잘됐다. 나랑 데이트할까? 우리 둘만의 시크릿 데이트."

나는 고개를 끄덕였다. 바다로 저벅저벅 걸어 들어가고 싶은 심정이라 원장님을 만난 게 여간 다행스럽지 않았다.

"투썸에서 일단 커피 한 잔 진하게 때리고 시장에 갈 생각이었는데 너도 콜?"

나는 고개를 끄덕이고 원장님을 따라 면사무소 옆에 있는 투썸플레이스로 들어갔다.

"케이크 하나 골라."

원장님이 케이크 진열장을 가리킬 때 나는 홀린 듯 예전에 엄마하고 먹었던 딸기 케이크를 주문했다. 원장님이 딸기우유생크림 음료까지 골라 줘서 엄마와 함께 딸기 파티 하는 기분이 들었다.

"고마워요."

내가 기어들어 가는 소리로 말하자 원장님이 말했다.

"가족끼리는 고맙다고 하는 거 아냐. 엄마가 더 자주 사 주지 못해 미안하지."

"엄마는 딸한테 미안하다고 하는 거 아닌데."

나도 모르게 나온 말에 내가 더 놀랐다.

"맞아, 엄마하고 딸은 고맙다 미안하다, 안 해도 되는 사이지. 이거 먹고 장에 가자. 오늘 오일장이잖아. 장 구경 안 해 봤지? 엄청 재밌어."

우리는 함께 전통시장에 갔고 북적거리는 사람들 틈에서 원장님이 큰 소리로 물으면 나도 큰 소리로 대답했다. 시장에서 빈대떡도 사 먹고, 국밥도 사 먹는 동안 엄마를 까맣게 잊고 있었다.

"오늘 우리딸 생일이더라. 저녁에 애들하고 생파하자. 저녁밥 뭐 해 줄까?"

내 생일을 기억해 줘서 고마웠다. 망설이다가 소고기미역국이라고 말했다.

"좋아, 한우 양지살을 참기름으로 달달 볶다가 미역 넣고 푹 끓여 조선간장하고 천일염으로 간하면 진짜 맛나. 내가 오늘 솜씨 발휘해 볼게. 생일은 소고기미역국에 고봉밥이지."

고봉밥이라는 말에 눈물이 핑글 돌았다. 내 생일을 기억해 준 원장님이 엄마처럼 다가오고 있었다. 원장님이 생일 케이크를 사려고 할 때 나는 아이들에게 알리고 싶지 않은 내 마음을 털어놓았다.

원장님은 다른 아이들에게도 고봉밥을 안겨 표시 내지 않고 내 생일을 축하해 주었다. 아이들이 “왜 밥을 무덤처럼 펐어?” “왜 동그랗게 위로 올렸어?” 하며 물었지만 원장님은 끝까지 말해 주지 않았다. “내 맘이다 왜.” 하면서 나한테 눈을 찡긋했을 뿐.

땅 밑까지 파고들 정도로 가라앉았던 마음이 조금 떠올라 다행이었다. 그룹홈에 와서 처음으로 마음이 따뜻해졌다.

5

"마음은 움직이는 거야."

엄마가 아빠와 사이좋을 때 장난치면서 했던 말이다. 엄마는 드라마 주인공을 보며 "저 오빠 잘생겼다." 하며 아빠를 놀리곤 했다. "오빠는 무슨, 남편보다 저 남자가 좋다는 거냐?"라는 항의에 엄마는 "잘생기면 오빠지. 마음은 움직이는 거야. 그래 봤자 TV 끄면 정확히 현실의 돌쇠한테로 돌아오니 걱정 말라구."라며 킬킬 웃었다. 엄마가 말했던 것처럼 내 마음도 조금씩 움직이고 있었다. 원장님을 엄마로 부르고 싶은 쪽으로.

"너 어떻게 다른 아줌마를 엄마라고 부르는 거야? 엄마는 세상에 한 명뿐이야."

"마음은 움직이는 거야. 걱정 마. 내 맘은 항상 엄마한테로 돌아오니까."

엄마랑 이런 얘기 나누는 걸 상상하는데 눈물이 핑 돌았다. 돌아가려고 해도 엄마가 내 옆에 없다는 생각에. 대신 원장님이 내 마음으로 조금씩 걸어 들어오고 있다. 물론 표현은 못 하고 있지만.

다른 아이들은 엄마라고 부를 뿐만 아니라 원장님과 대표님에게 반말까지 했다. 내가 혼자 있을 때면 살짝 와서 말을 걸어 주는 백미정 선생님에게 처음으로 먼저 말을 붙였다.

"저, 왜 다들 반말을 하는지……."

백미정 선생님은 내가 질문하자 반가워하며 말했다.

"그게 이상했구나. 너 아빠 엄마한테 존댓말 했어?"

"아뇨."

"거 봐. 아빠 엄마한테 반말하는 거, 당연한 거잖아. 그룹홈에 들어오면 처음에는 다 높임말을 써. 그러다 어느 순간 진짜 우리 아빠, 우리 엄마 같다는 생각이 들면 저절로 반말이 나와. 우리를 가족이라고 생각하는 순간 너도 모르게 아빠 엄마로 부르고 나한테도 언니라며 반말하게 될 거야."

그러고 보니 아이들은 원장님과 대표님에게 짜증도 내고 푸념까지 했다. 내가 예전에 아빠 엄마한테 했던 것처럼. 백미정 선생님 말이 이해가 안 가는 건 아니지만 반말에 푸념이라니, 내가 닿기 힘든 친근함이었다.

내가 그 단계까지 가는 일은 일어나지 않을 것 같다. 내 마음이 원장님께 조금 열리긴 했으나 나에게 아빠 엄마는 둘일 수 없으니까. 정민이가 6개월 정도 지나면 친해진다고 했지만 겨우 반년 만에 바뀌기에는 너무 큰 아픔이 나를 내리누르고 있다. 내가 다른 사람을 아빠 엄마라고 부르며 반말하기 전에 엄마를 만나게 되길, 마음은 움직이는 거라는 말도 기억하길, 그 순간 간절히 빌었다.

내 마음이 움직인 계기는 시크릿 데이트였다. 비밀을 공유하는 순간 공동 운명체가 되는 거니까. 나와 원장님 사이에 아이들이 모르는 비밀이 생기면서 뭔가 끈끈해진 기분이었다. 다음에 또 시크릿 데이트 하자던 원장님의 말이 떠오르면서 가슴이 훈훈해졌다. 반말까지는 갈 길이 멀지만 내 생일을 기점으로 마음속에서 활활 타오르던 불이 조금 잦아든 건 확실하다. 그래 봤자 엄마를 생각하면 금방 다시 타오르지만.

좋은 기분이 오히려 낯설다. 내 생일과 시크릿 데이트를 생각하면 나도 모르게 웃음이 피어났지만 나한테 달콤한 기운이 계속 머물 리 없다는 열패감이 곧바로 밀려왔다. 예감은 빗나가지 않았다. 턱짓으로 나를 가리키며 수군대던 뒷자리의 세 명이 결국 나를 호출한 것이다. 학교 창고 뒤쪽 분리수거장으로 나를 끌고 간 아이들이 험상궂은 표정을 지었지만 겁나지 않았다. 더 나빠질 게 없으니까.

"야, 듣자 하니 너 서울에서 왔다며? 그래 봤자 시설에 산다며.

그런데 뭐 잘난 게 있다고 고고한 척이야. 정민이 봐. 고분고분 하잖아. 하긴 걔도 처음에 좀 나대서 우리가 손봐 준 뒤로 주제 파악 하게 됐지만. 너, 기분 나빠. 눈은 어디를 보는지 모르겠고 누가 물어도 대답도 안 하고, 너도 손 좀 봐 줘?"

고민거리가 없어 일부러 비뚤어지려고 애쓰는 아이들을 보니 웃음이 나왔다.

"웃어? 와, 이게 죽고 싶나. 너 그렇게 잘났어?"

"좀 예쁘다 이거지. 얼굴도 기분 나쁘게 하얗고."

"머리까지 길어서 청순가련형 드라마 여주 나셨어."

다른 사람이 예뻐서 기분 나쁜, 그런 한가한 일에 나도 끼어 봤으면 좋겠다는 생각에 또 코웃음이 나왔다.

"이 상황이 가소롭고 우습다? 존나 기분 나쁘네. 이년이 죽고 싶어 아부 떠나. 꿇어. 언제까지 고고한 척하는지 보자."

내가 가만히 서 있자 한 명이 발로 내 배를 걷어찼다. 아팠지만 참고 노려봤다. 사실은 더 때려 봐, 라고 소리치고 싶은 심정이었다. 흠씬 맞은 뒤 목 놓아 울고 싶은 게 내 심정이니까.

"와, 맞고도 고개를 쳐들어? 더 때려 달라 이거지. 얘들아, 드러나는 데 빼고 마구 패 버리자."

동시에 셋이 몰려들었다. 나도 팔을 휘둘렀지만 아무래도 삼 대 일은 역부족이었다. 몸을 움츠리자 주먹이 마구 날아왔다. 아픔에다 공포심까지 더해 소리 지르자 어디선가 호루라기가 울렸다. 그러자 셋이 허겁지겁 도망갔다. 사방을 둘러봤지만 호루라기를 분 사람은 보이지 않았다. 배도 쑤시고 등도 아파 한참 웅크리고 있다가 돌아왔다.

그다음 날도 셋은 괜히 시비를 걸면서 이유 없이 때렸다. 맞을 때 엄마 생각이 나서 가슴이 무너지는 것 같았다. 아빠한테 되풀이해 맞을 때 얼마나 아프고 비참했을까. 터덜터덜 돌아오는 길에 바닷가에서 목 놓아 울었다. 엄마가 보고 싶어서, 어떤 대책도 없어서, 이대로 계속 살아야 할지 어째야 할지 도무지 알 수 없어서.

원장님은 아이들에게 학교에서 누가 때리면 바로 말하라고 신신당부했지만 그럴 수 없었다. 폐 끼치고 싶지 않기도 했지만 평소 아무 말 하지 않다가 힘드니까 엉겨 붙는 걸로 보일까 봐. 학교에 얘기해 봐야 시설에 사는 아이 어쩌고 하면서 천사의집으로 화살을 돌릴 것 같았다. 고스란히 혼자 감내하기로 마음먹었지만 계속 괴롭힌다면 어떤 일이 벌어질지 자신할 수 없었다.

아슬아슬한 내 심정 따위에 관심 없는 아이들은 멈출 줄 몰랐다. 처음에는 고고한 척한다고 때리더니, 이제는 돈 없다고 시비를 걸었다.

"주머니에서 먼지밖에 안 나오네. 하긴 시설에 사는 거지 주제라. 돈이라도 바치면 봐줄 텐데, 돈도 없는 게 고고한 척하고, 재수 없이 얼굴은 하얗고. 그러니 너는 맞아야 돼. 맞기 싫으면 돈 가져와. 시설 원장이 꿍쳐 둔 거 훔쳐 오든가. 씨발년아."

마음속에서 불이 확 올라왔다. 아프지만 혼자 맞는 걸로 조용해지길 바랐으나 도둑질까지 운운하자 더 이상 참기 힘들었다.

"왜 내가 너희들한테 돈을 줘야 해?"

내가 고개를 빳빳이 들고 따지자 셋이 움찔했다. 그 틈에 목소리를 더 높였다.

"왜 나를 괴롭히는데? 내가 뭘 잘못했는데? 너희들이 날 때릴 권리가 있어?"

내가 한 발 다가가며 소리 지르자 전열을 정비했는지 제일 키 큰 준희가 나섰다.

"그냥, 그냥 재수 없으니까, 우리를 기분 나쁘게 했으니까, 돈 가져오란 말이야. 거지여서 돈이 없으면 처맞고. 미친년아."

그러면서 내 배를 손으로 툭툭 쳤다.

"나 때문에 재수 없고, 기분 나쁜 건 너희들 사정 아냐? 근데 왜 내가 돈을 내야 하고 괴롭힘을 당해야 하는데?"

내가 바짝 다가서서 윽박지르자 준희가 주먹으로 내 머리를 내리쳤고 나도 일격을 가했다. 오늘은 죽더라도 끝까지 가 보자는 각오로 주먹을 마구 뻗었지만 머리를 몇 대 맞으니 눈앞이 핑 도는 것 같았다. 그때 호루라기가 울렸고, 아이들은 재빨리 달아났다. 매일 맞아 머리와 배도 아프고, 넘어지면서 부딪친 무릎도 부어올랐다.

그날도 어김없이 셋이 나를 샌드백처럼 쳤다.

"나를 때려서 너네가 얻는 이득이 뭔데."

내가 노려보자 준희가 내 머리를 툭툭 치며 말했다.

"니가 재수 없고 기분 나쁜 데다 돈 없는 거지니까 맞아야 한다는 거 몇 번 말해야 알아듣냐, 이 돌대가리야."

노려보고 대거리를 해도 머릿수에서 밀려 매일 맞을 수밖에 없었다. 그때마다 어디선가 호루라기가 울린 덕분에 실신할 정도로 맞진 않았지만 되풀이되는 매질에 점점 신물이 났다. 맞을 때마다 엄마가 떠오르는 게 가장 견디기 힘들었다. 술에 취해, 그냥 일이 잘 안 풀린다며 습관적으로 엄마를 때린 아빠처럼 애들도 내가 기분 나쁘고 돈 없다며 되풀이해서 때렸다. 엄마는 인사불성이 되어 실려 나갔지만 나는 정신 있을 때 이곳을 떠나기로 마음먹었다.

아이들과 실랑이할 때마다 나쁜 기억에 함몰되어 한없이 가라앉는 마음의 굴레를 벗어나고 싶었다. 오늘도 수업 끝나면 준희 무리가 어김없이 끌고 갈 텐데 그냥 지금 나가 버릴까, 그 생각을 하는데 앞문이 드르륵 열렸다. 강요한 대표님이었다. 괜히 뜨끔했다. 내가 사라질 걸 예견하고 온 거 아닐까, 하는 생각에서. 대표님이 교탁 앞에 서더니 소리를 버럭 질렀다.

"우리딸 해미 때린 애들 어디 있어? 나와!"

대표님이 나 때문에 왔다는 걸 깨닫는 순간 고맙기보다 피곤하다는 생각이 들었다. 대표님이 다녀간 뒤 사태가 어떻게 번질지 뻔하니까. 문득 정민이를 바라봤다. 잔뜩 기대한 얼굴에 엷은 미소가 감돌았다. 그 순간 호루라기와 강요한 대표님의 출현이다 정민이 작품이란 걸 깨달았다. 거의 보름이 다 되어서야 나선 정민이에게 고마움보다 섭섭함이 밀려왔다.

대표님이 재차 소리 질렀지만 아무도 나오지 않았다. 그러자 정민이가 눈짓으로 뒤쪽을 가리켰다. 대표님이 저벅저벅 걸어 뒤쪽으로 걸어가 다짜고짜 소리 질렀다.

"너희들이 우리 귀한 딸 때렸어? 경찰서 갈까? 나 강요한이야! 감히 이 동네 토박이 강요한의 딸을 건드려? 어디서 겁도 없이. 셋이 때렸다던데 일어나!"

대표님의 목소리가 쩌렁쩌렁 울리자 셋이 주춤주춤 일어났다.

"내 눈 똑똑히 봐."

늘 웃기만 하던 대표님의 험상궂은 얼굴이 어딘가 어설펐다. 키가 큰 강요한 대표님이 주먹을 쥐고 내려다보니 입을 씰룩이던 아이들이 고개를 푹 숙였다.

"내 눈 똑똑히 보라니까!"

벽력같이 소리 지르자 아이들이 고개를 들었다. 두려움이 가득한 얼굴이었다.

"한 번만 더 내 딸 때리면 너희들은 이 동네서 못 산다. 너희 부모들까지 전부. 학교 폭력의 끝이 뭔지 내가 보여 주고 말 테니까. 어린 것들이 어디서 못된 걸 배워 갖고. 당장 우리딸한테 사과해. 안 그러면 바로 교장실로 끌고 갈 테니까. 제대로 사과 안 했다가는 학폭위에 의뢰해서 퇴학시킬 거야. 나 한다면 하는 사람이야. 우리딸한테 당장 사과해!"

쥐 죽은 듯이 고요한 교실에서 세 아이가 "미안해."라고 했다. 강요한 대표님이 "다시는 하지 않겠다고 해미한테 약속해. 해미뿐 아니라 누구라도 괴롭히는 건 절대 안 돼."라고 으박지르자 아이들이 "다시는 안 때릴게. 미안해."라고 했다.

그러자 강요한 대표님이 "딱 한 번만 봐준다. 다음에 또 이런 일이 생기면 국물도 없을 줄 알아."라고 말한 뒤 갑자기 얼굴 가득 미소 지으며 아이들을 바라봤다.

"얘들아, 소란 피워서 미안하다. 내가 간식 준비해 왔어. 해미야, 친구들한테 나눠 줘. 해미야. 아빠 간다. 얘들아 안녕!"

대표님이 휘리릭 나간 뒤에도 교실은 고요하기만 했다. 내가 간식을 나눠 줄 때 준희 무리가 밖으로 휙 나가 버렸다. 정민이는 가만히 앉아 간식을 받았다. 빵과 오렌지주스, 젤리가 들어 있었다.

그날 이후로 준희 일당은 더 이상 나를 괴롭히지 않았다. 대표님에게 감사를 전하자 "빨리 말하지 않아서 섭섭했다."고 했고, 그 말을 듣는 순간 너무나 오랫만에 보호받는 기분이 들었다. 정민이에게 말로 하려니 쑥스러워 작은 선물과 함께 편지를 전했다. 수업 끝나고 나가는데 정민이가 기다리고 있었다.

"이런 거보다 말로 고맙다고 해 줘. 니 목소리 좀 듣고 싶다. 진짜."

"니가 호루라기 불었지? 몇 대 맞으면 어디선가 호루라기 소리가 들려서 참 이상하다고 생각했어. 대표님이 들어와서 호통치실 때 니가 호루라기 불었고, 대표님한테 말했다는 걸 눈치챘어."

"와, 숨 좀 쉬고 말해라. 이렇게 길게 말할 수 있는 애가 왜 그동안 입 닫고 있었대. 세 명 중 한 명이 1학년 때도 너랑 한 반이었는데 몇 번 말 걸어도 니가 대답을 안 해 단단히 벼르고 있었다더라."

"고마워."

"너 혹시 2주일 다 되어서 아빠한테 말한 것 때문에 나 원망하는 거 아니지?"

가슴이 뜨끔했다. 고맙기도 하지만 그런 생각을 한 것도 사실이었다.

"나는 네가 그렇게 미련할 줄 몰랐어. 나도 1학년 때 애들한테 끌려가서 맞았어. 그런데 내가 애들한테 싹싹 빌고 한동안 애들 심부름도 하면서 괜찮아졌어. 비굴한 거 알지만 그래야 안 맞고, 괜히 아빠 엄마 알면 피곤해지니까. 근데 너는 날마다 매를 벌더라. 점점 애들한테 대들고, 훈계 비슷한 것도 하고. 저러면 안 끝나겠다 싶어서 아빠한테 말한 거야. 애들 비위만 맞추면 되는데 그걸 안 하고 아예 끝을 보자, 벼르는 것 같던데."

정민이 말에 아무 대꾸도 할 수 없었다.

"나도 끝까지 가 보려고 했어. 끝내는 거, 그거 무섭지 않으니까. 애들한테 맞다가 진짜 끝을 보게 될 것 같아 일부러 빌었어. 근데 너한테서 내가 보이더라. 그래서 아빠한테 말한 거야."

정민이가 정확히 파악했다. 어떤 날은 그 애들한테 맞는 게 속

편한 적도 있었다. 그냥 그렇게 맞다가 끝을 내고 싶었다. 내가 사라지든가, 그 애들을 벼랑으로 몰아 버리든가. 그런데 끝이 가까웠다고 생각될 때쯤 정민이가 나를 구해 줬다. 슬며시 손을 잡자 정민이가 "얘가 왜 이래. 징그럽게."라며 히히 웃었다.

정민이와 조금 가까워졌지만 한편으로는 마음에 뭔가가 걸린 듯 답답했다. 정민이도 나도 서로의 처지를 묻지 않은 것 때문이었다. 우린 남들에게 들키고 싶지 않은, 아니 털어놓고 싶지 않은 일들을 거쳐 왔으니까. 그 일을 꺼내 놓으면 속 시원하기보다 상처가 더 깊어질 걸 우리는 너무도 잘 알고 있다. 끝을 얘기해 봤자, 두 개의 끝이 합쳐져 우리 둘을 더 내리누를 뿐이라는 것까지. 그래서 내가 참았고, 정민이도 다행이라고 생각할 게 분명했다.

정민이 말대로 6개월이 지나면 내 마음이 열려서 애들이랑 잘 지내게 될까, 그 생각만 하기로 했다. 정민이도 나도 끝은 밀어두었다. 우리가 해결할 수 없는 그 심연. 그럼에도 기대가 생겼다. 아니 기대하고 싶었다. 정민이와 함께할 날들. 마음은 움직이는 거니까. 마음이 확실히 조금씩 움직이고 있었다.

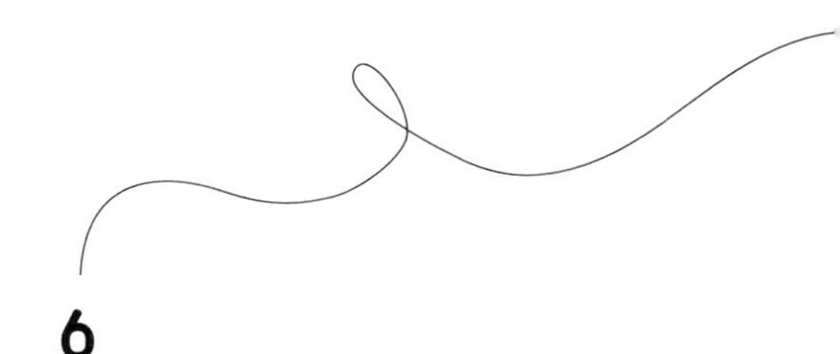

6

라희가 들어설 때 몸이 얼어붙는 것 같았다. 마치 내가 거기 서 있는 듯했기 때문이다. 전미지가 퇴소하면서 생긴 자리에 들어온 5학년 라희는 온통 회색빛이었다.

이곳에 있는 아이들은 대체로 밝았다. 지혜와 한나는 건드리기만 해도 까르르 웃음을 터트렸다. 유리도 가끔 떼를 쓰고 뒹굴 때를 제외하고는 늘 환하게 웃었다. 정민이는 시크한 척하지만 늘 실실 웃고 고은영은 대학입시 준비로 바쁘다면서도 백미정 선생님과 하하 호호 하느라 공부는 뒷전이었다. 김사론 원장님과 강요한 대표님에게는 늘 함박웃음이 따라다녔다.

거실에서 사람들에 둘러싸여 있는 데도 라희만 무채색으로 도드라져 보였다. 내 모습도 저러했으리라. 한 방울의 물기도 허용

하지 않는 고어텍스처럼 한 점의 웃음기도 없는 얼굴이 완강한 거부감을 내뿜었다.

라희가 오기 전에 김사론 원장님이 미리 언질을 주었다.

"말하지 않아도 짐작하겠지만 라희도 많이 힘들게 지냈어. 당연히 우리 집에 적응하기 어려울 테고 우울해할 거야. 티 내지 않고 도움 주는 거, 그거 잘해 보자."

"알았어, 엄마. 걱정 마."

지혜가 씩씩하게 답했다.

"우리 집 전통 알지? 군청에서 누구 보낸다 하면 그때부터 새로 오는 친구 위해 기도하는 거."

모두 힘차게 "네!"라고 대답했다. 내가 오기 전에도 분명 이런 당부를 들었을 것이다. 그럼에도 넉 달이 지난 지금까지 마음을 터놓지 못하는 게 미안했다. 겨우 대답만 할 뿐 여전히 먼저 말을 걸지 못하는 수준이다. 그런 상황에서 또 새로운 아이가 왔으니 더 이상 부담되면 안 된다는 자각이 일었다.

초점 없는 눈동자에 무표정한 라희를 볼 때 눈물이 쑥 나와 급하게 닦았다. 어떤 고통이 있었길래 초등학교 5학년 아이의 표정이 저럴까, 하다가 나도 모르게 고개를 끄덕였다. 끔찍하게 변해 가는 아빠 때문에 생기를 잃고 나도 라희처럼 점점 탈색되었으니까.

원장님이 라희가 오기 전날 우리에게 또다시 당부했다.

"라희가 오면 아무것도 묻지 마. 괜히 잘해 주려고 하지도 말고. 마음이 열릴 때까지 기다리자. 우리가 평소대로 많이 웃고 많이 떠들다 보면 라희한테 전염이 될 거야. 저절로 젖어 드는 거지. 그런 걸 동화된다고 하는 거야. 우리의 긍정성에 동화시켜 버리자."

왜 아이들도 원장님도 나에게 이것저것 묻지 않았는지, 그제야 알았다. 상처투성이인 우리들. 괜한 질문으로 상처와 상처를 보태서 덧나기보다, 밝음에 동화되는 것, 화사함에 저절로 젖어 드는 것, 그게 먼저였다. 문제를 바라보고 있으면 문제가 해결되기보다 더 큰 문제들이 덕지덕지 붙어 움직일 수 없는 바위가 되니까. 그러다 그 바위에 깔려 어느 순간 끝을 생각하게 되니까. 해결할 수 없는 문제에 빠져 허우적대기보다 긍정에 젖어 들며 조금씩 전진하는 게 나으니까.

이미 나도 조금씩 동화되고 있었다. 원장님의 시크릿 데이트와 정민이의 호루라기, 거기에 대표님의 출동이 가세하면서 마음 한편이 적셔진 상태다. 여전히 엄마의 소식을 기다리고, 하루속히 떠나게 되길 고대하고 있지만.

라희를 보면서 현실을 인정할 때가 되었음을 깨달았다. 엄마가 내게 연락할 수 없는 사정을 받아들여야 했다. 엄마 한 몸도 지탱하기 힘들지 모르는데 책임감을 강요할 순 없는 일이다. 아프지만 인정해야 했다. 그러자 내가 천사의집에 짐이 되지 않는 걸 넘어서서 라희에게 힘이 되어야겠다는 각오가 일었다. 엄마가 떠난 뒤 뭔가 해 보고 싶은 생각이 든 건 처음이다.

백미정 선생님에게 라희와 함께 지내게 해 달라고 부탁했다. 안 그래도 전미지가 나간 뒤 지혜는 은영 언니가 좋다며 수선화 방에서 지내다시피 했다. 유리는 저녁 어스름이면 알아서 백미정 선생님 방으로 갔다. 이참에 지혜의 짐을 수선화방으로 옮기고 정민이와 나, 라희가 백합화방에서 지내게 되었다.

"너 자신 있어? 라희한테서 너의 향기가 뿜뿜 나니까 잘할 거 같기도 하고. 나는 엄마 도와야 해서 라희한테 신경 쓸 여력이 없으니 알아서 해."

정민이가 그렇게 말해 줘서 오히려 고마웠다.

어떻게 다가갈 것인가. 고민하며 라희를 보는데 가만히 놔두는 게 상책일 것 같았다. 내가 들어오자마자 질문 공세를 받았다면 아마도 튕겨 나갔을 테니까. 나를 가만히 둔 원장님의 배려에 그제야 고마운 마음이 들었다.

희부윰한 빛이 커튼 뒤에서 어른거렸다. 어김없이 아침은 오고, 눈을 뜨면 가장 먼저 떠오르는 건 엄마가 바닥에 쓰러져 있던 모습과 구급대원들이 분주하게 움직이던 장면이다. 엄마 생각에 마음이 축축 처졌다.

주방에서 엄마 엄마 부르며 열심히 보조하는 정민이 목소리가 들렸다. 고은영이 떠드는 소리도 가세했다.

"엄마, 나 아침 안 먹을래. 우리 반 애들 중에 아침밥 먹고 오는 애들 몇 명 없어. 살 빼야 한단 말야."

"시끄러 가시내야. 아침밥 안 먹으면 점심에 폭식해서 더 살쪄 이년아. 잔말 말고 먹어라. 다리몽댕이 부러지기 전에."

"아휴, 욕먹을 줄 알았어. 욕을 잔뜩 먹어서 벌써 배부른데 꼭 먹어야 할까 엄마?"

"너 까불면 고봉밥 먹인다."

"으악 무덤밥. 알았어. 반 공기만 먹을게."

아침부터 주방은 끓는 식용유에 물이라도 튄 듯 요란하다. 라희는 '엄마 엄마'라는 호칭에다 '가시내, 이년아, 다리몽댕이'같이 욕인 듯하지만 친근하기 이를 데 없는 단어를 어떻게 생각할까. 처음에는 이상하고 시끄러웠지만 어느 순간 나도 "이년아, 다리몽댕이를 부러뜨린다." 같은 야단을 맞아 보고 싶었다. 원장님은 나를 '우리딸'이라고 부르지만 '이년아, 가시내'라고 하진 않는다. 내가 다가가지 않으니, 내가 엄마라고 부르지 않으니, 원색적이지만 차지고 따끈한 말 세례가 쏟아지지 않는 것이다. 내가 원장님한테 '가시내' 소리에 잔소리와 면박을 잔뜩 먹으면 라희도 부러워할 거라는 생각에 또다시 부담감이 밀려왔다.

이불 개고 세수까지 한 라희가 책상 앞에 우두커니 앉아 있었다. 마음을 다잡고 질문했다.

"전학한 거야? 아니면 다니던 곳이야?"

"전학했어요."

"새남초등학교에 가는 거구나. 지혜하고 유리하고 같이 가면 되겠다. 곧 다 같이 밥 먹을 거니까 조금만 기다려. 나 세수하고 올게."

"고마워요."

라희의 인사를 듣고 곧바로 대꾸하지 못해 아쉬웠다. "가족끼리는 고맙다고 하는 거 아니야."라고 했으면 좋았을 텐데.

학교 갈 준비를 마친 뒤 라희와 함께 주방으로 갔다. 평소보다 20분 빠른 시각이다. 원장님 옆으로 주춤주춤 가서 어묵볶음과 오이무침을 접시에 담았다. 원장님이 환하게 웃으며 "우리딸이 도와주니 힘이 하나도 안 드네."라고 하자 마침 들어오던 정민이 얼굴이 확 변했다. 늘 정민이가 하던 일이어서 그럴 것이다.

"해가 서쪽에서만 뜨는 게 아니라 남쪽에서도 뜨겠네. 사람이 안 하던 짓을 하면 죽는다던데……."

정민이 말에 심통이 가득 묻어 있었다.

"정민이가 늘 엄마 도와줘서 좋았는데 우 정민에 좌 해미까지 천군만마다. 엄마 기분 최고! 정민이는 지혜하고 유리 좀 불러와. 지각할라."

정민이가 문을 발로 탕 차고 나갔다. 집안의 중심으로 신임을 단단히 받고 있는데 내가 느닷없이 끼어든다고 생각하는 걸까. 그럴 의도가 아니라는 걸 정민이가 눈치채기만 바랄 뿐이다. 그저 라희 앞에서 솔선수범하는 모습을 보이려는 것이니까.

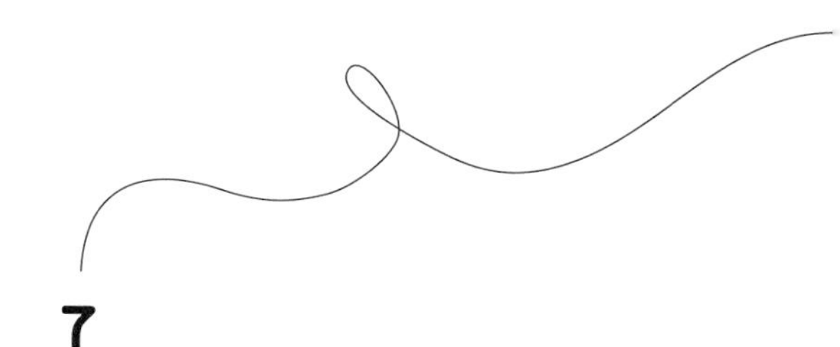

7

식사 마친 후 씻으라는 말에 “알았어.”만 연발하던 지혜가 원장님한테 꿀밤을 맞았다. 그 순간 엄마 말 안 듣다 등짝 맞고 욕실로 쫓겨 갔던 어린 시절이 떠올라 울컥했다. 지혜는 영락없는 원장님 딸이다. 몇 번씩이나 재촉받다가 욕실로 들어가는 지혜를 부러운 듯 바라보는 라희 모습에 눈물이 핑글 돌았다.

어쩌면 다음 주말에 라희가 눈물을 흘릴지도 모른다는 걱정이 일었다. 한 달 전 지혜 엄마가 와서 지혜를 데려갈 때 나도 몰래 울었으니까. 지혜가 소형 자동차에서 팔을 내밀어 우리에게 손을 흔들고 떠난 후 한동안 아무도 입을 열지 않았다. 어린 한나와 유리까지도.

지혜의 진한 쌍꺼풀과 낮은 코가 좀 이국적이라 여겼는데 엄마가 필리핀 사람이었다. 지혜는 형편상 엄마와 떨어져 살 뿐, 버림받은 아이가 아니었다. 지혜 엄마는 나이가 좀 많은 지혜 아빠와 결혼해 행복하게 살았는데 몇 년 전 지혜 아빠가 병으로 세상을 떠났다고 한다. 영어 강사도 하고 파트타임으로 베이비시터 일도 하느라 지혜를 천사의집에 맡긴 것이다. 그래서인지 지혜는 해맑기 이를 데 없었다. 상처가 없어서 가능한 표정이라는 걸 깨닫자 마음 한편이 아려 왔다.

원장님이 백미정 선생님에게 "애 두고 도망가는 외국인 엄마가 많은데 지혜 엄마는 남편을 끝까지 사랑한 데다 딸에 대한 책임감도 강하다."라고 할 때 지혜 엄마에게 고마운 마음이 들었다. 환하게 웃으며 어린 시절을 보낼 수 있게 된 지혜가 부러우면서도 다행스러웠다.

지혜는 두 달에 한 번 정도 엄마를 따라갔다가 하룻밤, 혹은 이틀 밤을 지내다 온다고 했다. 내가 온 뒤로 한 번 나갔는데 돌아올 때 지혜 엄마가 시루떡을 잔뜩 해서 들고 왔다. 그날 모두 모여 시루떡을 꿀에 찍어 먹었는데 지혜 엄마가 지혜에게 꿀떡을 먹여 줄 때 아이들이 슬쩍슬쩍 부러운 눈길을 보냈다. 나는 부럽기보다 한나와 유리가 안쓰러워 마음이 쓰였다. 다음에 또 지혜 엄마가 오면 라희가 충격을 받을 것 같아 걱정되었다.

다행인지 불행인지, 지혜 외에는 찾아오는 부모가 없었다. 부모가 아예 없는 보육원 아이들과 달리 우린 아빠든 엄마든 조부모든, 어딘가에 보호자가 있건만. 보호자는 있지만 보호하겠다는 사람은 없는 우리들, 아예 부모가 없는 아이들보다 마음이 더 시리고 아프다는 걸 사람들은 알까. 지혜 엄마가 오는 날 라희를 세심하게 지켜보며 보살피리라, 마음먹었다. 라희가 빨리 적응하도록 돕는 일, 그게 원장님을 위한 길이니까.

라희는 자는 동안에 깜짝깜짝 놀라기 일쑤였다. 급기야 벌떡 일어나 구석에서 달달 떨기도 했다. 나도 그런 경우가 많았는데 요즘 들어 좀 뜸해졌다는 걸 깨달았다. 애처로워서 라희를 꼭 안아 주면 나한테 기대어 잠들었다. 하지만 아침이 되면 지난밤 내게 안긴 적 없다는 듯 라희는 다시 무표정으로 돌아갔다.

아무래도 나 혼자 라희를 돌보는 건 힘든 일이었다. 그리고 라희가 자다가 계속 놀라는 건 좀 심각해 보이기도 했다. 백미정 선생님에게 라희에 대해 얘기하자 활짝 웃으며 말했다.

"라희가 해미한테 거울이 되어 주네. '거울치료'라는 게 있는데 여러 뜻 가운데 '다른 사람을 보면서 자신에 대해 깨닫는다'는 의미도 있어. 라희를 보니 꼭 너를 보는 것 같지? 사실 나도 그랬어. 중학교 때 부모님이 징하게 싸우다 이혼하고, 두 분 다 나를 맡을 형편이 안 되어서 여기로 오게 됐어. 아빠한테 많이 맞아서 입을 꾹 닫고 내 안에 머물렀지. 여기 와서 아이들이 원장님한테 엄마라고 할 때 이해가 안 되더라. 그러다가 대학교 간 미지 있지? 걔가 왔는데, 그 애한테서 내가 보이는 거야. 얼마 안 가 그 애가 나와 처지가 똑같다는 걸 알게 됐어. 미지를 도와주다가 내 마음이 열리면서 대표님과 원장님을 아빠 엄마로 부르게 됐지."

나도 그렇게 될 수 있을까. 무엇보다 라희가 나를 통해 밝아지면 좋겠다는 바람이 생겼다. 그러려면 내 거울이 맑고 반짝여야 한다. 칙칙하고 어두운 표면을 뜨거운 김으로 호호 불어 깨끗이 닦기로 마음먹었다.

"그냥 라희를 지켜봐. 누가 자기를 봐 주기만 해도 힘이 되니까. 라희도 그걸 느낄 거야. 우리 해미가 참 따뜻하구나. 그 따뜻함이 라희한테 닿으면 라희 마음이 녹을 거야."

따스한 격려에 마음이 훈훈해졌다. 미정 언니라고 부르고 싶은 백미정 선생님이 내 어깨를 톡톡 두드렸다. 그녀도 나와 같은 일을 겪었다고 생각하니 동지 같은 기분이 들었다.

라희가 사흘 연속 자다가 놀라서 깨는 걸 보고 결국 원장님에게 그간의 일을 털어놓았다.

"약을 먹여야 하지 않을까요? 너무 자주 놀라는 것 같아요."

"어유, 우리딸이 동생을 아주 사랑하네. 자다가 놀라는 애들이 많아서 엄마가 잠에 대해 공부를 좀 했지. 떠올리고 싶지 않은 기억들이 꿈에 나타날 확률이 높대. 깨어 있을 때 억지로 회피했지만 잠잘 때 뇌가 그걸 퍼 올리는 거지."

나 역시 늘 엄마를 생각하다 잠들었으니 꿈에 엄마가 맞고 실려 가는 장면이 나타났고, 그로 인해 벌떡벌떡 일어났던 것 같다. 요즘 들어 그런 증세가 많이 사라진 건 라희 덕분인 듯했다. 라희가 잠드는 걸 지켜보느라 엄마를 생각할 겨를 없이 잠에 빠져

들었으니까.

"뇌가 그렇게 못 하게 하려면?"

원장님의 질문에 금방 답이 떠올랐다.

"자기 전에 좋은 생각으로 뇌를 꽉 채우면 될 것 같아요."

크리스마스 때나 생일 때 선물 생각을 하다 잠들면 꿈에서 먼저 선물을 받았던 기억이 났다.

"그렇지. 반대로 자기 전에 무서운 걸 보거나 슬픈 생각, 무서운 생각을 하면 그게 꿈에 나타나겠지. 라희가 어릴 때부터 알코올중독 아빠가 엄마를 심하게 구타해서 엄마가 집을 여러 번 나갔대. 4학년 때 엄마가 완전히 나간 뒤 술에 취해 살던 아빠가 라희를 자주 때렸대. 어느 날 라희가 도망치려고 짐을 싸서 집을 나서는데 술 마신 채 자전거를 타고 오던 아빠가 자동차에 부딪쳐 쓰러진 거야. 라희가 그 모습을 똑똑히 봐 버렸어. 크게 다친 아빠가 한 달 정도 입원해 있다가 돌아가셨어."

원장님이 말을 이어가기 힘든지 후 하고 한숨을 쉬었다.

"꿈에 사고 장면이 나와 놀라는 걸 거야. 정신과 치료를 받았다지만 마음 어딘가에 잔상과 상처가 남아 있겠지. 싫어하던 아빠가 세상을 떠난 게 자기 탓인 것 같고, 양가감정으로 복잡하겠지. 내가 라희를 지켜보는 중인데 우리딸이 동생을 세심하게 돌보고 있었네. 우선 자기 전에 편안한 얘기를 하거나 재미있는 거 보면서 라희를 즐겁게 해 줘 봐. 그러면 놀라지 않을 거야."

엄마를 때리고, 말리던 나까지 밀치던 모습을 생각하면 분노가 치밀지만 아빠가 사고당하는 모습을 봤다면 놀라고 슬플 것이다. 라희의 사연을 알고 나니 꼭 우리 아빠가 사고를 당한 것처럼 마음이 갑갑했다. 듣기만 해도 그런데 실제로 라희는 사고 장면을 직접 봤으니 밤마다 놀라는 건 이상한 일이 아니었다. 라희에게 붙어 있는 무서운 기억을 지워 주고 싶었다. 벽을 보고 누워 있는 라희에게 슬쩍 말을 걸었다.

"라희야, 재미있는 거 볼래?"

나의 제안에 라희가 슬며시 등을 돌렸다. 나는 아예 라희 자리로 건너가서 핸드폰을 켰다. 유튜브를 누르고 제일 위에 나오는 영상 '계란폭탄찜'을 클릭해서 보며 "나도 할 수 있을 것 같아."라고 하자 라희가 "나도."라고 했고 우리는 연속해서 뜨는 계란 요리 영상을 봤다.

"우리 일찍 일어나서 원장님한테 계란 요리 해 드릴까?"

나의 말에 라희가 "나중에."라고 했다. 함께 요리하는 모습을 상상하니 마음이 흐뭇했다. 라희가 집중해서 요리법을 봤으니 오늘 밤은 놀라지 않을 것 같아 안심되었다.

"너네 뭐 하는 거야? 둘이 언제부터 그렇게 친해졌대? 남하고 말도 안 섞는 고고한 해미 양이 신입한테 왜 이렇게 친절하대. 별일이네."

정민이가 들어와서 우리 둘을 보고 비아냥거렸다. 허리에 손까지 얹고 둘이 뭘 했는지 이실직고하라는 표정으로 내려다봤다.

"그냥 유튜브에서 요리 영상 봤는데……."

"됐고, 둘이 뭘 봤든 관심 없는데, 진해미! 참 이상하네. 쟤가 오고 나서 왜 갑자기 변했지? 내 동생들하고 언니들이 베푼 친절은 개무시하고, 새로 온 아이한테 점수 따서 니 편 만들겠다, 이거냐?"

"아니, 그런 게 아니라……."

갑자기 분위기가 싸늘해졌다. 라희에게 이불을 덮어 주고 다독여 준 뒤 내 자리로 왔다. 정민이도 머쓱한지 더 이상 시비를 걸지 않았다. 나한테 섭섭할 만도 했다. 그렇게 친절을 베풀었는데 내가 너무 방어적이었으니까. 라희에게 좋은 모습을 보여 줘서 라희가 치유되길 바라는 내 마음을 전하고 싶은데 입이 떨어지지 않았다.

여전히 나는 웅크리고 있다. 정민이가 아무리 싫은 소리를 해도 서운해하면 안 된다. 호루라기를 잊으면 안 되니까. 대표님한테 말해서 나를 구해 준 것까지.

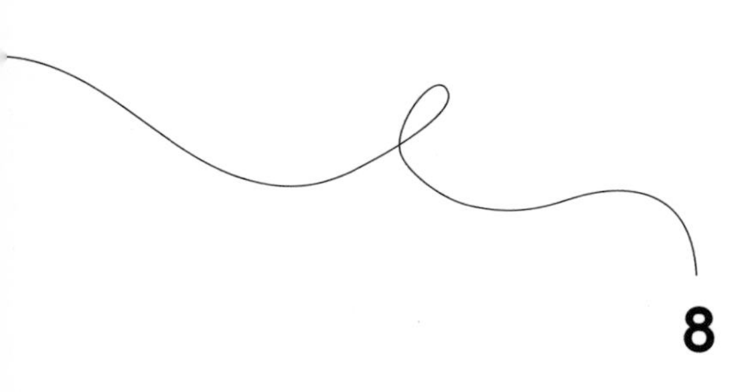

8

개교기념일이라 학교에 가지 않아도 되는데 웬일인지 갑갑함이 밀려왔다. 정민이와 종일 함께 지내는 건 생각만 해도 어색했다. 원장님이 우리 둘을 데리고 외출할까 봐, 그래서 괜히 이런저런 얘기를 나누게 될까 봐 지레 소름이 돋았다. 다행히 정민이가 백미정 선생님을 따라나섰다. 놀이치료 강의 듣고 읍내에서 맛있는 거 먹을 거라며 들뜬 모습이었다. 어쩌면 정민이도 종일 나와 함께 있는 게 끔찍했을지 모르겠다.

우린 여전히 마음속에 벽을 치고 있다. 상처를 끌어안고 한 집에서 살아갈 뿐, 결코 친구는 아니다. 마음을 열어 함께 바닥까지 가기 전에는 친구라고 할 수 없으니까. 시퍼렇게 멍들었든, 헐어서 빨간 피가 배어 나오든, 어쨌든 서로의 상처를 마주해야 진짜 친구가 된다. 우린 둘 다 어떻게든 그 시간을 피하기만 했다.

오늘 하루 그 누구의 눈에도 띄지 않고 방 안에 박혀 있기로 했다. 라희에게 보여 줄 재미있는 영상 찾다 보면 심심할 틈도 없을 것 같았다.

내가 핸드폰을 갖게 된 건 5학년 1학기 때였다. 만약 그때 핸드폰을 장만하지 않았다면 더 이상 마련할 기회가 없었을지도 모른다. 3학년 때부터 핸드폰을 사 달라고 조르는 나에게 엄마는 중학교 때 가져도 늦지 않다며 핸드폰의 폐해를 강조했다. 세상에는 나쁜 영상도 많고, 아무 생각 없이 영상만 보면 사고능력이 떨어진다면서.

그런데 비대면 수업이 늘고 담임선생님이 카카오톡에 단체방을 만들어 안내 사항을 전달하면서 핸드폰을 장만하게 되었다.

가장 낮은 요금제여도 부담이 됐지만 끝내 핸드폰을 해지하지 않은 건 언젠가 엄마가 전화할 거라는 믿음 때문이다. 알코올중독 치료를 끝내면 아빠가 나를 찾을 거라는 기대도 한몫했다. 외할머니 댁으로 가던 날 아빠가 내게 준 통장 덕에 지금까지 핸드폰을 유지할 수 있었다. 그날 아빠는 나에게 미안하다며 통장을 손에 쥐여 주었다.

"네가 설날마다 세뱃돈 받은 거 엄마가 저축해 둔 거야. 나중에 너 대학 갈 때 준다면서. 네가 대학 갈 때까지 아빠 엄마가 옆에서 든든히 지켜야 하는데 미안하구나. 이 돈은 네 돈이니 네가 필요할 때 써. 면목 없다."

아빠는 통장을 주면서 거기까지만 말했다. 앞으로 어떻게 할 거다, 언제까지 기다려라, 그런 말은 없었지만 우리 가족이 다시 만날 통로가 되어 줄 거라는 생각에 지금껏 핸드폰을 살려 둔 것이다.

사실 그동안 여러 차례 아빠한테 전화해 보았다. 몇 번이고 망설이다가 걸었지만 핸드폰이 꺼져 있었다. 엄마 핸드폰도 마찬가지였는데 딱 한 번 연결됐다. 웬 남자가 받았다. "여기 앉아 있던 아줌마 핸드폰인데 하도 울려서 받았어요. 아줌마는 지금 어디 갔는지 안 보이고."라고 할 때 나는 목소리가 날카로워져서 "아저씨 누구예요?" 하고 물었다. "나 아저씨 아니에요."라는 말에도 내가 "아저씨, 거기 어디예요?"라고 묻자 그 남자가 대뜸 화를 냈다.

"나 아저씨 아니라 고등학생이라구. 이 핸드폰 주인이 여기가 어딘지 말해 주지 않은 모양인데, 내가 가르쳐 줄 순 없지."

그러더니 확 끊어 버렸다. 노랫소리가 들리는 듯했는데 자주 반찬을 가져다준 외할머니 옆집 집사님이 기어코 나를 교회에 데려갔을 때 들은 찬송가 같기도 했다. 바로 전화를 걸었지만 받지 않았고, 다시 걸었을 때는 꺼져 있었다. 그 후 몇 번 걸었지만 그때마다 꺼진 상태였다. 문자를 남겼지만 아무 답도 오지 않았다. 그렇더라도 핸드폰이 있으니 언젠가 엄마와 연결될 거라는 희망이 나를 위로해 주었다.

아빠가 준 통장의 돈이 점점 줄어 불안했는데 천사의집에 온

다음에는 원장님이 매달 핸드폰 비용을 내주었다. 원장님은 내가 온 날, 나를 맡긴 국가에서 내가 생활할 수 있도록 수급비를 지급한다고 설명했다. 넉넉하지는 않지만 그 돈으로 내게 필요한 걸 마련해 주고 생활비로 사용한다며. 매주 월요일마다 약간의 용돈도 받았다. 엄마와 나를 연결해 줄 핸드폰을 계속 유지하게 된 것만 해도 다행이었다.

드문드문 해안도로를 지나는 자동차 소리만 들려왔다. 늘 아이들로 북적이던 천사의집이 고요하니 이상했다. 원장님도 어디 나간 것 같았다.

화장실에 가려고 일어서는데 갑자기 원장님이 누군가와 통화하는 소리가 들렸다. 깜짝 놀라 방바닥에 주저앉았다.

"네, 선생님…… 우리 애들, 마음이 많이 아프잖아요…… 라희가 온 지 얼마 안 되어서…… 오늘 라희 생일이에요…… 네…… 애들이 무슨 기념일이 되면 마음이 더 아파요…… 그렇죠…… 예전에 부모님이랑 생일잔치하고 놀이공원 가고 했던 게 생각나서 더 그런 거예요…… 어제부터 풀이 죽어 있더라구요…… 그래서 말인데요. 2교시 마치고 선생님이 아무것도 묻지 마시고 조퇴 좀 시켜 주세요…… 애가 보나 마나 풀이 죽어서 축 처져 있을 거예요…… 몸 아픈지 물어보는 척하면서 '묻지 마 조퇴' 좀 시켜 주세요…… 제가 2교시 마칠 때쯤 학교 앞에 가 있다가 우연히 마주친 척 만나서 데이트하려구요…… 우리 애들 그래야 치유가 되거든요…… 네, 선생님 부탁해요…….”

그제야 내 생일에 학교 앞에서 원장님과 우연히 마주친 이유를 알게 됐다. 담임선생님이 쉬는 시간에 뜬금없이 와서 아무것도 묻지 않고 조퇴시켜 준 것까지. 가슴에서 뭉클, 뜨거운 것이 올라오는데 문득 시크릿 데이트에 끼고 싶다는 생각이 들었다. 누가 끌어당기는 듯 나도 모르게 일어났다. 나는 재빨리 눈물을 닦고 거실로 나갔다.

“어머, 우리딸, 미정 언니 따라간 줄 알았네. 혼자 있었어? 새남초등학교 옆에 있는 방앗간에 가서 떡볶이떡 살 건데 같이 갈래? 거기 쌀떡으로 만들어야 떡볶이가 제맛이거든.”

원장님은 내 마음을 읽었는지 선선히 시크릿 데이트에 끼워 주었다. 집을 나서는데 마음이 붕붕 뜨는 것 같았다. 5학년 이후 처음이었다.

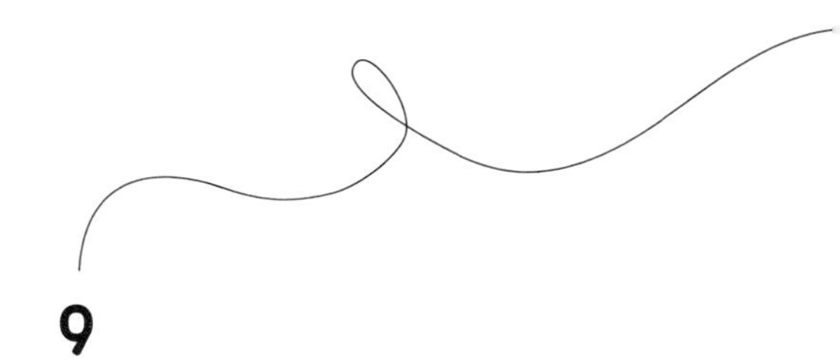

9

원장님은 새남초등학교 근처 방앗간 앞에서 학교 쪽을 바라보느라 정신이 없다. 라희가 나올 때를 대비하기 위해서였다. 나와 우연히 마주친 것처럼 하려고 원장님이 초조하게 기다렸을 걸 생각하니 가슴이 저릿했다.

나는 짐짓 모르는 체 방앗간을 들여다보고 있었다. 방앗간 사장님은 쉴새 없이 밀려 나오는 가래떡을 받아 내는 중이다. 방앗간 사장님이 "천사 아짐씨, 왜 안 들어와? 들어와서 뜨끈할 때 한 가락 묵어 봐."라고 하는 데도 원장님은 꿈쩍도 하지 않았다. 방앗간에서 훤하게 보이는 교문을 까치발까지 세우고 초조하게 지켜보는 원장님의 뒷모습에서 애정이 뚝뚝 묻어났다. 그때 원장님이 소리쳤다.

"저기 우리딸 나온다. 라희야!"

축 처져서 걸어 나오던 라희가 고개를 들더니 놀라서 눈을 동그랗게 떴다. 나도 슬그머니 합류해 마치 우연이라는 듯 동조했다.

"라희야!"

내 목소리를 들은 라희가 그제야 뛰어왔다.

"어휴 우리딸, 엄마하고 언니가 방앗간에 있는 거 알고 온 거야? 잘됐다. 쌀떡 사고 케이크 먹으러 갈까? 해미야, 오늘 동생 생일이야. 몰랐지?"

"아, 라희 생일이에요? 알았으면 선물 준비하는 건데."

나는 천사의집에 온 이후 가장 큰 목소리로 원장님의 호들갑에 호응했다. 라희의 입에 웃음이 피어오르더니 어느새 활짝 번졌다.

"얼마 전 바로 옆 상가에 메가커피 생겼잖아. 요새 여행객들이 많이 늘어서 그런 것 같아."

평소 거의 호응이 없던 라희가 원장님 말에 고개를 끄덕였다.

메가커피에서 라희는 초코무스 케이크를 골랐다. 음료도 진한 모카시럽과 달콤한 휘핑크림을 잔뜩 얹은 핫초코를 주문했다. 내가 딸기에 추억이 있듯 라희는 초코에 추억이 있는 게 분명했다. 딸기 음료를 마시고 싶었지만 라희랑 같은 걸로 주문했다.

"와, 엄청 달고 맛있겠는데. 우리 오늘 초콜릿에 풍덩 빠져 보자."

원장님은 초코 마카롱에 초코 젤라토 크로플까지 수북이 담아 왔다. 라희의 눈이 초코 음료와 과자를 보느라 바쁘게 돌아갔다.

"우리 셋이 오늘 달달 먹방한 거 시크릿이다. 우리 나중에 애들 몰래 또 오자."

원장님이 고개를 숙이고 소곤거리자 라희도 "네네!" 하며 밝게 대답했다. 라희 상처를 치유해 주기 위한 원장님의 작전이라는 걸 알지만 모른 체하고 같이 고개를 끄덕였다. 나도 지난번 시크릿 데이트로 치유가 많이 됐으니 이건 분명 효과가 있는 거다.

원장님이 백사장을 걷자고 했다. 새남초등학교 앞으로 백사장이 쭉 펼쳐져 있었다. 우리는 모래사장 위에 나란히 앉아 파도도 보고 함께 셀카도 찍었다. 백지장처럼 표정이 없던 라희의 얼굴이 발갛게 물든 데다 연신 웃음이 피어올랐다.

"사람들은 나한테 천사네 뭐네, 칭찬하지만 나는 천사 같은 너희들하고 지내는 게 정말 행복해. 해미하고 라희가 내 딸이 되어 줘서 고마워. 부족한 엄마지만 너희들 듬뿍 사랑할 거야. 다른 건 모르겠고, 너희들 잔뜩 먹일 거야. 할아버지가 늘 '먹은 놈은 말이 없다'고 하셨어. 어릴 때는 무슨 말인지 몰랐는데 지금 생각해 보니 먹으면 걱정 없고, 먹으면 만족하고, 먹으면 기억한다, 그런 뜻이더라구. 그저 너희들 잘 먹이고 싶은 게 이 엄마 소망이야."

원장님 말에 라희가 "고마워요."라고 했다. 원장님이 나에게 했던 것처럼 "엄마하고 딸 사이에 고맙다고 하는 거 아니야."라고 하자 라희의 눈에 핑그르르 눈물이 맺혔고, 나도 덩달아 눈시울이 뜨거워졌다.

"그래도 고마워요. 제가 여기 오기 전에 있었던 곳은 사과도 4분의 1쪽씩 잘라서 주고 귤 두 개, 사탕 세 개 이런 식으로 배분해 줬어요. 밥도 한 공기 이상 못 먹어서 늘 배가 고팠어요. 그 시설에 자리가 하나밖에 없는데 남매가 오게 되어 제가 이쪽으로 배정되었다고 하더라구요. 천사의집에 와서 적응이 안 됐어요. 귤도 박스째 열어 놓고 오며 가며 꺼내 먹고, 과자도 여기저기 잔뜩 놔두고, 식사 때마다 맛있는 걸 가득가득 퍼 주셔서 놀랐어요."

사실 나도 적응하는 데 시간이 걸렸다. 엄마가 사라지고 제대로 먹지 못하다가 천사의집에 와서 지천으로 널려 있는 과일과 과자에다 매일 맛있는 밥을 먹는 일이 송구하기만 했다. 과일을 비닐에 담아 책상 구석에 두고 아끼다 상한 걸 보고 백미정 선생님이 다시 가득 담아 준 일도 있었다. 점차 적응되어 밥과 간식을 마음껏 먹으면서 들끓던 갈증이 사라졌다. 어느 틈엔가 마음속 불도 많이 사그라들었다. 라희도 곧 그렇게 되길 그 순간 간절히 빌었다.

내가 어릴 때 "다른 동네에서 온 방물장수, 문풍지 바르는 사람들, 인삼 장수, 이런 분들이 다 우리 집에서 묵었지. 할아버지가 나그네를 잘 대접해야 한다며 많이 베푸셨어. 할아버지 돌아가신 다음에는 아버지가 농지를 다 팔고 도시로 가셨지. 나도 도시에서 학교 다녔어. 어릴 때가 그리워서 결혼하고 고향으로 돌아온 거야."

원장님의 사랑에 가슴이 훈훈해졌다. 라희의 볼이 빨갛게 물들었다. 맛있는 음식에 감동까지 잔뜩 먹은 나와 라희의 상처가 뭉텅 지워진 게 분명했다. 가족끼리 고맙다고 하지 말라고 해 속으로 감사하며 더 이상 투정 부리지 않기로 단단히 마음먹었다.

우리는 물수제비도 뜨고 조개껍질도 주우며 놀다가 백사장이 끝나는 지점에서 도로로 올라와 천천히 걸었다. 천사의집에 도착하자 원장님이 라희한테 물었다.

"오늘 저녁에 라희 생일 파티 할 건데 아빠한테 어떤 케이크 사오라고 할까. 그리고 뭐 해 줄까."

"초코케이크가 좋구요. 떡볶이 해 주세요. 어묵 잔뜩 넣고."

그러더니 "우리 엄마가 생일 때마다 그렇게 해 줬거든요."라고 작은 소리로 덧붙였다. 라희가 나보다 빨리 회복되는 듯했다. 어쩌면 나보다 먼저 원장님을 엄마라고 부를 것 같아 마음이 조급해졌다.

10

주방 식탁에서 라희와 둘이서 쌀떡을 하나씩 떼고 있을 때 정민이가 백미정 선생님과 같이 들어왔다. 원장님이 나와 라희 어깨에 손을 얹고 "너희들이 도와줘서 오늘 생파는 아주 수월하겠어."라고 말한 직후였다. 정민의 눈에서 불꽃이 튀는 것 같았다. 원장님이 "잘 다녀왔어?"라고 묻는데도 정민이가 대답도 없이 쌩하니 나가 버렸다. 정민이가 나에게 적의를 보이는 이유를 모르는 바는 아니나 더 이상 물러서고 싶지 않았다. 라희를 위해, 나 자신을 위해, 그리고 고마운 원장님을 위해. 혹시 다른 아이들도 달라진 라희에게 반감을 갖는 게 아닐까 걱정했지만 다행히 그런 조짐은 없었다.

떡볶이 파티를 하고 대표님이 사 온 케이크를 탁자에 차리는 동안 계속 원장님 시중을 들었다.

"해미야, 접시 하나씩 놓고 포크도 하나씩! 해미야. 음료수 컵에 콜라도 따라 줘. 라희 생파니까 엄마가 특별히 콜라 마시게 해 준다. 기분이닷!"

오늘따라 원장님이 "해미야!" 하고 자주 불러 신경 쓰였는데 백미정 선생님은 눈치도 없이 "해미가 아주 손이 빠르네. 일머리가 있어."라며 칭찬했다. 그러자 고은영까지 가세해 "그러게. 저렇게 잘하면서……. 해미야, 이 언니 본격적으로 입시 준비 할 거니까 이제 엄마하고 미정 언니 도와드려. 이 언니는 니 덕에 편하게 공부하련다."라고 했다.

정민이가 계속 마음 쓰여 칭찬을 듣는데도 가슴이 불안으로 콩닥콩닥했다. 급기야 케이크에 불을 붙이고 축하 노래를 부르려고 할 때 정민이가 휙 나가 버렸다. 대표님이 따라 나가자 원장님이 "생일 축하 합니다."라며 노래를 시작했다. 나는 진심을 다해 "사랑하는 이라희, 생일 축하 합니다."라고 목소리를 높였다. 그러면서도 정민이 생각에 마음이 무거웠다.

원장님과 백미정 선생님을 도와 설거지와 주방 청소까지 마치고 방으로 돌아왔을 때 라희가 말했다.

"언니, 고마워. 오늘은 기억에 남는 날이 될 거야."

"원장님이 그러셨잖아. 가족끼리는 고맙다고 하는 거 아니라고."

"맞아. 엄마가 그러셨지. 언니, 그래도 고마워!"

라희가 엄마라고 할 때 좀 울컥했다. 나는 여태 엄마라고 부르지 못했지만 라희가 빨리 적응하는 게 기뻤고, 거기에 내가 조금이나마 기여한 것 같아 뿌듯했다.

팽팽하게 부풀었던 마음이 급격하게 사그라들었다. 정민이가 문지방에 서서 나를 콕 집으며 "너 나와 봐."라고 했기 때문이다. 정민이는 문을 세게 열고 밖으로 저벅저벅 걸어 나갔다. 그네의자 앞에서 고개를 홱 돌리더니 나를 째려봤다.

"너, 뭐냐? 몇 달 동안 그림자처럼 조용히 지내더니 갑자기 선전포고 하는 거냐? 엄마 독차지하려고 라희 이용하는 거 내 눈에 훤히 보여. 내가 5년 동안 공들인 천사의집을 네 손아귀에 넣겠다, 이거냐?"

내가 잠자코 있어야 정민이의 화가 풀어질 것 같아 대꾸하지 않았다.

"왜 말을 못 해? 미정 언니가 오늘 너한테도 놀이치료 가자고 했는데 거절했다며? 학교서 준희가 너를 완전 재수 없는 년이라고 한 거, 이해가 되네. 엄마 꼬시려고 작전까지 짜고, 진짜 재수 없는 년, 은혜를 원수로 갚는 년."

분노가 치미는지 정민이의 목소리가 덜덜 떨렸다. 백미정 선생님이 함께 가자고 했다니, 금시초문이었다. '같이 가자고 하려 했다.'는 말을 잘못 들은 거 아닐까. 하지만 그걸 확인했다가는 불이 떨어질 것 같은 분위기였다.

"우리 둘 내보내고 엄마 꼬셨구나. 종일 어떻게 했길래 정민이 믿고 산다던 엄마가 해미 해미 하는 거야? 니가 그렇게 교활한 년인 줄 알았으면 준희한테 맞아 죽게 놔두는 건데. 나쁜 년."

그러더니 갑자기 울음을 터트렸다. 섭섭해하는 정민이 마음은 십분 이해가 갔다. 저녁마다 상 차리고 칭찬을 가득가득 들었던 정민이가 오늘 외로웠을 것 같다. 정민이와 내가 마주하지 못한 그 상처가 속에서 마구 부채질을 하는 게 분명했다. 나는 진심을 다해 "미안해."라고 말했다.

"미안하다면 다야? 나한테는 엄마가 전부야. 엄마 아니었으면 나는 이 세상에 없었어. 비만 오면, 아니 날씨만 흐려도 미칠 것 같아 자해하고 나뒹굴고 했던 걸 니가 아냐고. 나보다 더 많이 울어 준 엄마 사랑으로 이겨 냈고, 엄마 칭찬으로 지금까지 버티고 있는데, 그걸 니가 왜 가로채. 니가 뭔데. 씨발년아."

화를 내고 욕을 하는 정민이의 목소리에 울음이 섞여 있었다. 가까스로 버티고 있는 그 마음을 내가 무너뜨린 것 같아 무섭고 미안했다. 타오르는 불처럼 함부로 일렁이는 마음에 언제까지 휘둘려야 할까. 씩씩하고 밝아 보였지만 정민이도 아픔을 조금씩 지워 나가는 아슬아슬한 소녀라는 걸 기억하고 각별히 조심해야겠다는 생각이 들었다. 방법은 하나였다. 늘 정민이 한 발 뒤에서 있는 것.

11

정민이가 먼저 들어가라고 해서 자리에 누웠지만 쉽게 잠이 오지 않았다. 화가 풀리지 않은 것 같은 정민이가 무슨 일을 벌이면 어쩌나, 걱정하는데 두런거리는 소리가 들렸다.

이 집의 장점이자 단점은 방음이 안 된다는 것이다. 다른 사람들이 나누는 얘기가 잘 들리는 것은 좋지만 대신 나의 비밀을 들킬 수도 있다.

"우리딸, 뭐 기분 나쁜 일 있었어? 좋아하는 케이크도 안 먹고 나가서 엄마가 섭섭했어."

"엄마 몰라? 내가 왜 그랬는지?"

정민이 목소리에 날이 서 있었다.

"음, 성격 좋은 우리딸이 왜 그랬을까."

"엄마 사랑이 해미한테 옮겨 갔잖아. 엄마가 이러면 나 진짜 나갈 거야. 가출팸이 널렸다고. 씨바."

정민이가 원장님 앞에서까지 욕하는 소리를 들으니 벌벌 떨렸다.

"또 그 소리. 너 엄마가 다시는 그런 말 하지 말라고 했지? 그리고 욕하면 어쩐다 했어. 못 참아서 욕까지 퍼 올리는 그 성질머리 못 고치면 안 된다고 했잖아."

원장님 목소리에도 그동안 들어보지 못한 강경함이 담겨 있었다. 내가 모르는 어떤 일이 있는 듯했다. '진짜 나갈 거야' '또 그 소리'가 과거 폭풍 같은 사건을 암시했다.

정민이는 '엄마 사랑'을 그렇게 갈구하면서도 결국 친엄마가 아니어서 견딜 수 없다는 걸까. 마치 허기진 아이처럼 엄마 엄마를 외쳐 댔지만 돌부리가 나타나니 바로 넘어져 버린 건가. 내가 그 돌부리 역할을 했다는 게 미안하면서도 어리벙벙했다. 그동안 치유받고 단단해진 것 같던 정민이의 마음이 살얼음처럼 얇았다는 게 아프면서 안쓰러웠다. 무엇보다도 정민이가 마구 흔들린다는 게 문제였다. 한 번 가정이라는 테두리가 무너지면 온갖 것들에 속수무책 무방비로 당하고 마는 게 억울했다.

정민이가 갑자기 방으로 들어왔다. 씩씩거리며 사물함을 열어 가방을 싸기 시작했다. 나는 벌떡 일어났다.

"너 뭐 해. 어디 가려고."

"신경 꺼. 존나 귀찮으니까."

정민이의 짓이기는 듯한 말투에 소름이 돋았다.
"어딜 간다는 거야 이 밤에. 갈 데는 있어?"
"씨바, 니가 왜 그걸 걱정해? 니가 나한테 관심이나 있어? 가출이 뭐 대수라고. 초딩 때는 나갔다가 돌아왔지만 이젠 중학생이고, 갈 데도 많아. 그동안 착한 척, 딸인 척해 봤지만 그래 봤자 친아빠 친엄마도 아니고, 애들 공평하게 사랑하는 척 가식 떠는 이 집 신물 나. 엄마, 아니 원장님 사랑이 너한테 옮겨 간 것 같으니 니가 충성을 바치든가. 씨바. 다 재수 없어."
내 힘으로 도저히 말릴 수 없어 불러왔건만 백미정 선생님은 빙글빙글 웃기만 했다.
"그래 이 밤에 어딜, 어떻게 가시려고?"
"간섭 마셔. 택시 부르면 되니까. 아, 디딤씨앗통장에 들어 있는 내 돈 고스란히 부쳐 줘. 떼먹으면 내가 군청에 바로 고발할 테니까."
백미정 선생님이 갑자기 폭소를 터트렸다.
"너 정말 온도차가 너무 심한 거 아니니? 나갈 때는 원수처럼 난리 치다가 다시 들어오면 세상에 없는 효녀처럼 굴고. 제발 평균만 해. 조신하게 공부하다가 대학 갈 때 나가. 그때는 니가 여기 있고 싶어도 법적으로 못 있으니까. 가방 풀어."
"지금부터 있기 싫어. 수급비에서 떼서 5년 동안 모아 놓은 거나 부쳐 줘. 떼먹으면 도둑으로 처넣을 거니까."
"디딤씨앗통장은 네가 고등학교 졸업하고 나갈 때 주게 되어 있으니 꿈 깨시고. 니가 먹고 두르고 쓴 게 매달 수급비보다 더 많아. 마음 약한 아빠 엄마는 너를 위해 저축한 거 주려고 하시겠지만 내가 못 주게 막을 거야. 그래, 나가서 뭐 해서 먹고 살 건데? 자해하고, 술 마시고, 본드하고, 아, 이제 마약 구하기 쉽다니 그거 하시려나?"

비아냥거리듯 말하던 백미정 선생님이 단호한 목소리로 명령했다.

"빨리 가방 풀어. 너 이제 중학생이야. 초딩 아냐."

정민이가 입술을 비틀면서 이죽거리듯 말했다.

"나가든 말든 내 맘이니까 참견 마셔, 사회복지사 샘. 언니라고 부르라면서 선생인 척하는 거 존나 역겨우니까."

함부로 말하는 정민이를 바라보는 백미정 선생님의 얼굴이 점점 험상궂게 변했다.

"그래 나가고 싶으면 나가. 한 가지만 알아 둬라. 네가 떠나면 너는 세상에서 너를 가장 사랑하는 아빠 엄마를 잃는다는 거. 너를 위해 기꺼이 목숨을 내놓을 두 분과 끝이라는 거. 그것만 명심해라. 너의 친아빠와 강요한 아빠 중에 누가 너를 더 사랑할까? 누가 너를 위해 목숨을 내놓을까?"

잠시 침묵이 흘렀다. 백미정 선생님이 차가운 목소리로 말했다.

"택시 오면 잘 가고. 해미야, 정민이 나갈 때 마당까지 가방 좀 끌어다 줘라. 그동안 같이 지낸 정도 있고 하니까."

백미정 선생님은 뒤도 안 돌아보고 나갔다. 어떻게 해야 할지 몰라 허둥거리는데 정민이가 갑자기 주저앉았다. 어깨를 들썩이며 우는 정민이를 이끌고 마당의 그네의자로 나갔다. 울음이 잦아들면서 정민이가 입을 열었다.

"오늘 진짜 나가고 싶었는데, 나가서 확 비뚤어지고 싶었는데."

정민이가 한숨을 길게 내쉬었다.

"5학년 때 두 번 가출했다 돌아오고 중학교 올라가기 직전에 자해하고 난리 친 적 있어. 다시는 그러지 말아야지, 결심했지만 그저께 또 얘기 듣고 미치는 줄 알았거든."

분명 가족 얘기인 것 같아서 잠자코 있었다. 정민이를 내리누르는 그 상처, 마주하기가 두려웠다. 라희 사정을 알았을 때 무거움이 나를 덮쳤던 것처럼.

"너 남의 새끼 기르는 새 이야기 들어 본 적 있어?"

남의 둥지에 알을 낳는 뻐꾸기 얘기를 들은 적 있어서 고개를 끄덕였다.

"아빠라는 사람, 우리 엄마 버리고 다른 여자와 결혼했는데 그 집에 아들이 둘이야. 하나가 나랑 동갑인데 초등학교 5학년 때 같은 반이었어."

재혼한 아빠의 의붓아들과 한 반이었다니, 나라도 가출하지 않고는 배기지 못했을 것 같다.

"엄마가 오래 앓는 동안 아빠가 집에서 지낸 적이 별로 없어.

끝내 엄마랑 이혼했고 나랑 엄마는 외할머니 댁에서 살았어. 결국 엄마가 돌아가셔서 외할머니와 나만 남았지. 그때 동네 할머니들이 우리 집에 와서 그러시더라. 지 자식은 팽개치고, 남의 자식 먹여 살리는 사위 놈이 새대가리라고. 새대가리니까 지 자식 안 챙기는 거라고. 그래도 아빠 욕하는 동네 할머니들이 싫었어."

정민이의 한숨에 나도 이중창을 하듯 함께 숨을 내뿜었다.

"외할머니가 늘 골골하셔서 정부에서 주는 돈이 약값으로 많이 나갔어. 키는 크는데 맞는 옷은 없고, 옆집 할머니가 교회 바자회에서 구해다 준 옷 입고 학교 다니는데 아빠 의붓아들은 머리부터 발끝까지 유명 브랜드로 친친 감았더라. 아빠라는 사람이 할머니들 말대로 새대가리처럼 남의 애한테 잘해 주고…… 말해 뭐 해."

당시 학교 아이들까지 그 일을 다 알게 되어 정민이는 수군거림도 당해야 했다. 어느 날 학교 앞에 자동차를 대놓고 의붓아들을 기다리는 아빠와 마주쳤을 때 정민이는 괜히 자신이 죄지은 것처럼 숨었다고 한다. 몰래 지켜보는 정민이 눈에 차 안에 앉아 있는 새 부인과 또 한 명의 아이가 보였다. 같은 반인 의붓아들이 나오자 아빠가 달려가 가방을 받아 주고 차 문까지 열어 주는 모습에 기가 막혔다고 한다.

얼마 못 가 외할머니가 돌아가시고 오갈 데 없어졌을 때 군청에서 아빠에게 연락했지만 정민이를 맡기 힘들다는 답변이 돌아왔다.

"나도 그 집에 들어가고 싶지 않았어. 동갑인 그 녀석과 어떻게 한집에 살아."

정민이는 한숨을 푸 내쉬더니 힘겹게 말을 이었다.

"완전히 버림받았다는 것, 세상에 나 혼자 남았다는 것, 그런 생각이 머리를 휘감으면 어느 순간 정신 줄을 놓게 돼. 한참 후에 정신 차려 보면 나도 모르게 팔을 그은 상태였어. 굉장히 위험한 적도 있었어."

정민이는 주먹으로 눈물을 쓱 훔쳤다. 그러더니 깜깜한 밤하늘을 올려다봤다. 나는 아무 말도 못 하고 그냥 옆에 있기만 했다. 무슨 말을 한들 정민이에게 위로가 될 것 같지 않았다. 무거운 돌을 가슴에 달고 살았다는 것, 그 분명한 사실이 가슴 아팠다.

창문을 보니 백미정 선생님과 원장님이 우리를 빼꼼 내다보고 있었다. 혹시 정민이가 돌발 행동을 할까 봐 지켜보는 중이었다. 감사했다. 그 사실을 모르는 정민이는 하늘을 올려다보면서 계속 한숨을 쉬었다.

"그런 애 있잖아. 친한 척하면서 굳이 안 해도 되는 이야기를 내 생각하는 척 전하는 애. 작년에 한 반이었던 시아가 그래. 걔가 며칠 전에 너네 아빠, 큰 집으로 이사 가고 차도 바꾸고 인수는 사립중학교에 다닌다더라, 그러는 거야. 왜 그 집이 잘되는 거지? 우리 엄마 버리고 할머니와 나까지 버린 나쁜 사람인데 왜 잘돼? 그 얘기 며칠 전에 듣고 마음이 복잡했는데, 괜히 오늘 너

하고 라희한테 잘해 주는 엄마 보면서 폭발한 거야."

그건 나도 궁금한 사항이다. 왜 하나님은 나쁜 일 한 사람에게 바로바로 천벌을 내리지 않는 걸까? 하지만 그게 마음에 들지 않는다고 화나서 막 나가는 건 안 될 일이다. 정민이가 지금 천사의집을 나가면 원수도 제대로 갚지 못하고 자신도 망가질 확률이 높다.

"그 애가 사립학교 가든 말든, 너네 아빠가 어떤 집에 살든 무슨 차를 타든 신경 쓰지 마. 이제 나하고 상관없다, 그렇게 생각해. 여기서 열심히 공부해서 그 녀석보다 더 좋은 대학에 가면 되잖아. 대표님하고 원장님이 팍팍 밀어 준다고 했으니까. 그쪽은 잊고 우리 할 일만 열심히 하자."

내가 속사포처럼 말을 하자 정민이가 피식 웃으며 "너 원래 말 많은 애였구나."라고 했다. 예전의 나로 돌아가 종일 재잘거리며 정민이에게 힘을 주고 싶었다.

정민이는 좀 가라앉은 것 같았다. 집을 나갈 생각은 없겠지만 원장님과 백미정 선생님에게 어떻게 사과할지, 궁금하기도 걱정되기도 했다.

"사실 오늘 너를 걸고넘어진 건 나가고 싶어서 핑계 삼은 거야. 여기서 아빠 엄마가 잘해 주셔도, 친아빠 생각하면 속이 부글부글 끓을 때가 한두 번이 아니거든. 친아빠가 엄마를 빨리 병원에 데려가 치료를 잘 받게 했으면 낫지 않았을까, 원망도 되고."

충분히 이해가 갔다. 나도 속이 부글부글 끓어 정민이와 그 집

유리창이라도 깨고 와야 마음이 풀릴 것 같았다.

"여기 아빠랑 엄마는 친아빠와 비교도 되지 않는 훌륭한 분들이고, 어떤 경우에라도 나를 보호하고 지지해 줄 분들이야. 아까 미정 언니가 내가 떠나면 세상에서 가장 나를 사랑하는 아빠 엄마를 잃는다, 나를 위해 기꺼이 목숨을 내놓을 수 있는 두 분과 영원히 결별하는 거라고 할 때 가슴이 툭 떨어지더라. 내가 무슨 미친 짓을 하려고 하나, 그 생각에 정신은 확 드는데 다리 힘은 풀리더라."

나도 정신이 번쩍 들었다. 엄마가 와서 나를 데려가면 좋겠지만 소식이 올 때까지 나를 자신들의 목숨보다 더 사랑해 주는 두 분을 잘 따르면서 미래를 준비하는 게 정답이다. 우리는 말없이 그네의자에 앉아 있었다. 내가 그네의자를 뒤로 죽 밀어 발을 놓자 흔들거리기 시작했다. 수북하게 쌓였던 걱정이 흔들리면서 아래로 가라앉는 것 같았다.

커다란 보름달이 바다를 은은히 비치고 있었다. 햇빛에 수많은 정어리떼처럼 나눠져서 파닥이던 바다가 은은한 달빛에 한 덩이 인절미처럼 푸근하게 뭉쳐져 보였다. 첫날 내 마음의 상처처럼 바다에 박혀 있다고 생각했던 김밭도 전복 밭도 달빛에 한 뭉텅이가 된 것 같았다. 나랑 정민이가 고등학교를 마치고 여기를 안전하게 떠나려면 갈등을 다 접어 넣고 달빛처럼 어우러져야 한다는 생각이 들었다.

"여기서 열심히 공부하자. 솔직히 너나 나나 밖에 나가 봤자 별수 없잖아."

내 말에 정민이가 "아니 비뚤어지는 수는 있지."라고 해서 우리 둘이 푸시시 웃었다.

2학년이 끝나면 4년밖에 안 남는다. 나의 미성년이. 보호하고 싶어도 자녀가 기다려 주지 않는다는 걸 아빠와 엄마는 알까. 효도하고 싶어도 부모가 기다려 주지 않는 것과 마찬가지로.

우리의 소중한 미성년 시절, 보호받으며 잘 채워야 한다. 우리가 여길 나갈 때쯤이면 전미지는 사회복지사가 되어 돌아오겠지. 그즈음 남자 그룹홈을 하나 더 개설해서 더 많은 연어복지사가 일하게 될 거라고 했던 원장님 말도 떠올랐다.

정민이 사연을 다 들었으니 내 얘기도 해야 하는 거 아닐까, 라는 생각이 들었다. 정민이가 나를 믿고 얘기했는데 나는 여전히 나를 꽁꽁 싸매고 있다. 하지만 오늘은 정민이 얘기만으로도 벅차다. 언젠가 내가 정민이에게 내 얘기를 털어놓을 날이 오겠지. 그날 우린 정말 친구가 되겠지. 그래도 오늘 반쯤은 가까워진 것 같아 마음이 푸근해졌다.

정민이가 갑자기 나를 툭 치며 말했다.

"너 사춘기라는 거, 느끼니? 나 요즘 속이 부글부글 끓어오르다가 화가 나다가, 기분이 이상할 때가 많아. 내가 사춘기여서 요란을 떠는지도 모르겠어. 너는 안 그래?"

"너 이제 사춘기야? 요즘 사춘기는 초등학교 5학년 때 지나간대. 난 그때 다 떼어 냈지."

"조숙한 척하기는. 넌 아직 사춘기도 안 온 것 같은데."

나의 5학년, 파란만장한 변화에 집안이 풍비박산 나면서 나의 사춘기가 떠내려가 버렸다. 빨리빨리 시간이 지나가서 모든 게 다 정리되고 엄마와 만나면 좋겠다. 차라리 요즘은 한세월 열정적으로 살고 나면 찾아든다는 갱년기가 부럽다. 허무함과 우울함이 농축되어 흐른다는 그때를 왠지 알 것 같은 기분이다.

"난 요즘 갱년기야."

내 말에 정민이가 푸핫 웃더니 정색하고 말했다.

"하긴 모든 게 다 잘되어 행복한 갱년기를 맞은 사람이면 좋겠다. 요새 엄마가 맨날 갱년기여서 살찐다고 푸념이시잖아. 엄마처럼 행복한 갱년기라면, 나도 그러면 좋겠다."

정민이의 말에 마음이 찌릿했다. 이제 겨우 열네 살인 우리가 쉰 살을 부러워하다니. 눈물이 또 찔끔 나오려고 했다. 쉰에는 행복해도 될까. 아니 행복한 쉰을 맞을 수 있을까? 원장님처럼 보람을 가득가득 안고 사는 쉰 살을.

"내가 천사의집을 나가서 마구 비뚤어지고 싶은 가장 큰 이유는 친아빠한테 복수하고 싶은 마음 때문이야. 내가 사고를 아주 크게 치든지, 아니면 콱 죽든지, 어떻게든 아빠한테 타격을 주고 싶은 마음인 거지. 구구절절한 유서를 남겨 자기 딸 팽개치고 딴 살림 내더니 꼴좋다, 그런 말 듣게 해 주고 싶어서."

정민이가 다시 숨을 가쁘게 쉬었다. 나는 정민이 등을 가만히 쓸어 주었다. 자신을 망가뜨려 아빠를 곤두박질치게 만들겠다는 생각이 얼마나 허망하고 위험한 건지 정민이가 더 잘 알 터였다. 사그라든 줄 알았던 불씨가 다시 타오르는 것 같았다. 나는 정민이 손을 꼭 잡았다. 위험한 사춘기를 확 뛰어넘어 우리가 안전한 갱년기였으면 좋겠다는 생각이 그 순간 간절하게 들었다.

12

잠결에 무슨 소리가 들려 벌떡 일어났다. 옆을 보니 정민이가 없었다. 분명 자리에 누운 걸 확인하고 잠들었는데 대체 어디 간 걸까. 놀라서 일어나려는데 거실에서 소곤거리는 소리가 들렸다.

"무슨 소리야, 내가 우리딸 정민이를 얼마나 사랑하는데. 엄마가 그랬지. 사랑은 시간과 비례한다고. 시간이 쌓여야 우정도 사랑도 단단해지는 거라고. 너랑 나랑 쌓은 사랑이 벌써 5년이야. 엄마가 누구 믿고 천사의집 운영하는데, 이제 은영이도 입시 공부 해야 하고 정민이 너밖에 없어."

"이잉, 근데 왜 엄마는 해미하고 라희한테 막 그래. 막 사랑이 넘치던데?"

정민이와 원장님의 대화 소리에 가슴을 쓸어내렸다.

한밤중에 화해식을 하는 건가. 마음이 켕긴 정민이가 원장님을 불렀을 테고, 원장님은 시침 뚝 떼고 응대하는 게 분명했다. 내 마음에 따뜻함이 몽글몽글 퍼져 나갔다.

"헐, 무슨 소리. 너 엄마 의심하는 거야? 우리딸이 3학년 때 무표정한 얼굴로 들어오는 순간 엄마 가슴에 콱 박혔어. 동글동글 귀여운 얼굴에 웃음꽃이 활짝 피게 해 주겠다, 왕 까불이가 되게 해 주겠다, 결심했지. 그날부터 엄마 가슴에서 정민이 자리가 제일 커."

"정말이지 엄마?"

"당근이지. 우리 정민이를 지구에서 우주에서 제일 사랑해."

"내가 더 사랑해. 엄마, 따랑해!"

정민이가 원장님을 부여잡고 뽀뽀하는 소리, 볼 비비는 소리까지 다 들렸다.

"그러니까 엄마가 가장 신임하는 정민이가 통 크게 베풀어 봐. 해미하고 라희, 이제 들어와서 엄마 마음도 차지하지 못하는 애들, 안됐잖아. 엄마는 정민이 믿고 천사의집 운영하는 거니까."

"알았어 엄마. 엄마처럼 통 크게 행동하려고 애쓰고 있어. 엄마, 해미 걔, 내가 많이 봐줘서 그렇지, 진짜 밥맛이잖아. 몇 달 동안 말도 안 하고. 속 답답해서 진짜. 그리고 내가 아빠한테 말 안 했으면 걔 아직도 학교에서 애들한테 맞고 다닐 거야."

"맞아, 정민이가 정말 큰일 했지. 엄마는 너만 믿는다는 거, 그거 꼭 기억해. 우리 이번 주 토요일에 시크릿 데이트 할까? 군청

옆 스타벅스 어때? 최고 딸이니까 스타벅스까지 가는 거야. 다른 애들은 가까운 투썸하고 메가도 안 데리고 가. 시크릿 데이트는 정민이하고만 하는 거거든."

"우리 엄마 최고!"

정민이의 목소리가 한껏 올라갔다. 정민이가 아픈 마음을 고스란히 도려내고 오롯이 원장님 딸로 살아가길 그 순간 간절히 빌었다. 나는 정민이가 원장님에게 대들고, 집을 나가겠다고 으름장을 놓은 일, 친아빠와 그 의붓아들 때문에 들끓는 마음 같은 건 잊고 천사의집 정민으로만 기억하기로 했다. 원장님도 일부러 모른 체하는데 내가 그걸 떠올리면 안 된다. 까불이 정민이, 나를 위해 호루라기를 불어 준 정민이만 간직하기로 했다.

나와 라희에게 엄마를 뺏겼다는 불안에서 그 모든 게 촉발된 건 분명한 일이었다. 정민이의 마음이 충분히 이해됐다. 내 엄마를 누구와 나눌 순 없으니까. 만약 돌아온 엄마가 다른 애한테 잘해 준다면 나도 폭발하고 말 테니까.

원장님이 정민이와 군청 옆 스타벅스에 간다고 해도 질투하지 않을 생각이다. 나와 투썸플레이스에서 데이트해 주고 나와 라희를 메가커피에 데려가 준 원장님이 너무도 고마웠다.

투썸 엄마, 그렇게 읊조리는데 가슴이 따뜻해졌다.

"나는 엄마가 우리 엄마였으면 좋겠어."

정민이가 어리광을 부리며 말했다.

"엄마가 정민이 엄마지, 누구 엄마니?"

"알지. 그래도 우리 엄마였으면 좋겠어. 엄마, 한나 오던 날 말야. 그때 한나가 다섯 살이었던가? 들어오면서 '엄마, 아빠가 때려서 여기 사는 거야? 엄마가 우리 엄마야?' 이러면서 막 좋아했잖아. 아빠를 보더니 '우리 아빠가 때려서 이 아빠랑 사는 거야?' 이러면서. 그때 눈물 나더라."

"맞아, 그때 미정이도 울고 미지도 은영이도 울었잖아. 한참 지난 후 한나가 또 '엄마, 아빠가 때려서 여기 사는 거야?' 했을 때 찬찬히 설명해 줬지. 한나 아빠와 한나 엄마가 싸워서 한나 엄마는 지금 다른 데 갔고, 천사의집 엄마는 원래 여기서 천사의집 아빠랑 살았어. 그랬더니 한나가 막 울면서 '엄마가 우리 엄마였으면 좋겠어'라고 해서 나랑 아빠도 얼마나 울었다고. 한나가 이제는 정말 우리를 친엄마 친아빠처럼 따르잖아."

"맞아, 한나가 눈물 버튼이었는데 요즘은 완전 애굣덩어리야."

'엄마가 우리 엄마였으면 좋겠어.'라는 말에 마음이 아려 왔다. 엄마라는 존재는 언제까지든 자식의 기둥인데, 그 기둥이 너무 빨리 흔들렸다. 그렇게 생각하니 한나도 정민이도 나도 다 불쌍했다. 귀로 자꾸만 눈물이 흘러 들어가는 데도 계속 숨죽이며 울었다.

아침이 되자 정민이는 어제 일을 까맣게 잊었다는 듯 나에게 손 키스를 날리고 나갔다. 라희가 가방 싸는 걸 도와주고 시간이 남았지만 주방에 나가지 않았다. 밥 먹을 때가 되어서야 나가서 식탁에 앉았고 정민이가 밥을 먹고 부리나케 방에 들어갈 때 주방 정리를 도왔다. 생각해 보니 정민이가 착하다는 생각이 들었다. 뒤늦게 들어온 아이를 부려 먹어야 할 텐데, 자신이 더 하겠다며 울다니. 엄마 칭찬이 고픈 우리 처지가 새삼 서글펐다.

그날 밤 소동은 그것으로 끝났다. 원장님도 면밀하게 우리를 살피는 것 같았다. 나는 대표님과 원장님, 그리고 백미정 선생님에게 부담이 되지 않기만 바랐다.

고은영은 밥 먹을 때마다 무슨 학과에 갈지 고민이라더니 뷰티학과로 정했다고 했다. 네일 아트, 헤어, 메이크업을 배워서 원장님은 물론 우리들을 멋지게 꾸며 줄 거라고 장담했다.

나는 뭐가 되면 좋을까? 아직 대학에 가려면 멀었지만 원장님 말대로 의사가 되면 어떨까 생각했다. 우리 집에서 의사가 한 명 나오면 좋겠다는 원장님의 소원을 이뤄 드리고 싶었다. 원장님이 원하는 사람은 영어 학원과 수학 학원에 보내 준다고 했으니 열심히 하면 의대에 갈 수 있겠지. 엄마라고 부르며 의사가 되겠다고 말할까? 그런 생각을 하는데 원장님이 나를 불렀다. 가슴이 뛰었다. 드디어 때가 왔다. 거실 소파에 앉으면서 기습적으로 말했다.

"저 열심히 공부해서 천사의집 주치의가 되고 싶어요. 엄마."

반말까지는 못 했지만 엄마라고 말할 때 가슴이 콩닥콩닥 뛰었다. 원장님이 놀란 듯 눈을 동그랗게 뜨더니 눈가를 훔쳤다. 나를 꼭 끌어안고 말했다.

"보잘것없는 나를 엄마라고 불러 주니 정말 고맙다. 엄마도 힘껏 도와주마."

그러더니 갑자기 표정이 돌변했다.

"가시내야, 너 이제부터 각오해라. 의대 간다고? 의대 가려면 공부 죽도록 해야 돼. 엄마가 너 감독할 거야. 공부 안 하면 다리몽댕이 부러뜨릴 거야. 대신 팍팍 밀어줄게."

그렇게 말하고 히히 웃는 원장님을 따라 나도 웃었다. '가시내, 다리몽댕이 부러뜨릴 거야.'라고 말하는 건 정말 엄마가 되었다는 거다. 가슴이 뜨거워졌다. 하지만 다음 순간 차갑게 식어 내렸다.

"엄마가 널 부른 건, 어제 너희 할머니한테서 연락이 와서 말야. 서울 할머니라는 분이 전화해서 방학하면 너를 서울로 보내라는 거야. 그래서 너한테 물어본다고 했더니 반말로 애한테 뭘 물어보냐고 하시더라. 어르신들 화법이 원래 좀 직설적이니까. 어쨌든 너의 뜻이 중요해."

갑자기 검은 연기가 몰려오는 듯해 나도 모르게 기침을 했다. 대체 할머니가 왜 나를 찾는 걸까. 단 한 번도 엄마와 나에게 호의적인 적이 없었는데. 그럼에도 한편으로는 기대가 피어올랐다. 아빠 치료가 끝난 걸까? 엄마를 찾은 걸까? 하지만 좋지 않은 쪽으로 마음이 기울었다. 변화가 생겼다면 아빠와 엄마가 내 핸드폰으로 연락했을 것이다. 아무리 생각해도 내가 할머니를 만날 이유가 없었다.

"저 서울 안 가고 싶어요. 방학 때 영어 학원하고 수학 학원 다닐래요."

"오케이, 엄마가 널 지켜 주마. 대신 공부 안 하면 알지?"

원장님이 다리 부러뜨리는 흉내를 내서 우리 둘 다 깔깔 웃었다. 정민이가 보고 있을까 봐, 할머니가 나를 데려갈까 봐, 걱정되긴 했지만 5학년 이후로 처음 가슴이 툭 터지게 웃었다.

13

두근두근했다. 눈뜨는 순간 가슴이 벅차다니, 그 사실 때문에 더 심장이 콩닥콩닥 뛰었다. 어제 잠들 때부터 그랬다. 엄마가 떠난 후 한 번도 없던 일이다. 드디어 내가 평범한 일상으로 돌아온 건가. 자동차를 타고 다 같이 멀리 가는 일로 마음에 파도가 치다니. 날마다 가슴 졸이며 오늘 또 무슨 일이 벌어질까 파랗게 질려 있을 때는 설렘과 두근거림이 비집고 들어올 틈이 없었다. 슬며시 미소가 나왔다. 여전히 엄마 소식은 모르지만, 이제 조금 여유로워도 되려나, 그런 안도감이 들었다.

누군가가 욕실로 달려가는 소리가 들렸다. 조금 있으니 다들 일어났는지 분주했다. 새벽 5시가 되기 전에 모두 일어나 세수하고 짐 싸느라 부산을 떨었다. 등교하는 날은 몇 번을 깨워도 꿈쩍 않던 아이들이 벌떡 일어났다는 게 놀라웠다. 유치원생 한나보다 더 애를 먹이던 유리까지도 일찌감치 가방을 싸서 거실에 나와 있었다. 방학을 맞아 남산서울타워에 오른 뒤 롯데월드에 가서 신나게 놀기로 한 날이다. 일 년에 두 번은 장거리 여행을 하는 게 천사의집 전통이라고 했다. 나의 첫 번째 나들이가 공교롭게도 서울이라는 게 좋기도, 씁쓸하기도 했다.

"십 분 후에 떠날 거니까 서울 가서 뭐가 없네, 징징대면 서울에 떨구고 온다. 알았지?"

원장님의 말에 모두들 "네!"라고 소리친 뒤 각자의 백팩에 빠진 물건은 없는지 다시 한번 확인했다. 원장님은 뭐든 확실했다. 생리대와 휴지는 늘 배낭에 넣어 다니고, 여벌의 티셔츠와 바지, 속옷도 한 벌씩 챙기라고 했다. '천사의집 강요한 대표'라고 박혀 있는 명함도 백팩에 넣었다. 아직 핸드폰이 없는 초등학생들에게는 원장님 번호를 외우게 했다. 얼마나 연습시켰는지 한나까지도 거뜬하게 암기했다. 용돈 1만 원도 이미 받았다. 정신없이 놀다가 가족들이 보이지 않으면 그 자리에서 맛있는 거 사 먹으면서 기다리라고 했다.

"왜 헤어져? 같이 다니는데, 엄마는 잔소리도 심해, 이런 생각 들지? 롯데월드 가면 복잡하고 정신없어서 엄마가 너희들을 까먹을 때가 있어. 예전에 진짜 그런 적 있어서 얼마나 놀랐던지. 몇 분 만에 다른 아줌마가 데리고 있는 애를 발견하고 가슴을 쓸어내렸잖아. 그래서 과하게 주의 주는 거야."

서울에서 돌아올 때까지 함께 다닐 짝도 정해 주었다. 나와 짝이 된 라희와 거실에서부터 손을 꼭 잡았다. 정민이는 지혜, 고은영은 한나, 백미정 선생님은 유리와 짝이다. 한나가 "엄마 짝은 누구야?"라고 할 때 일제히 "아빠잖아!"라면서 웃었다. 나도 그 틈에 끼어 "아빠!"라고 소리쳤다. 의대에 가겠다는 각오를 밝히면서 엄마라고 한 번 불렀지만 그 후로 부르지 못했다. 대신 마음속으로 계속 연습하는 중이다.

"레츠 고!"

원장님의 신호에 문을 열고 와르르 나갔다. 6시가 좀 지난 시각이었다. 대표님이 승합차에 시동을 걸어 놓고 기다리고 있었다. 서울에 거의 일 년 만에 가는 셈이다. 막상 차에 오르자 서울에 가도 아빠와 엄마를 만날 수 없다는 사실에 마음이 가라앉았다. 하지만 티를 내지 않기로 단단히 결심했다. 한층 밝아진 라희와 실컷 놀고 와서 열심히 학원에 다니기로 마음먹었다.

승합차에 다 올라서 원장님이 마지막으로 인원수를 세고 있는데 택시가 끼익 소리를 내며 멈춰 섰다. 고개를 빼서 문 열고 내리는 사람을 보는데 가슴이 덜컥 내려앉았다.

'설마, 이 시각에 할머니가 여길?' 하며 고개를 가로저었지만 불길한 생각이 가시지 않았다. 꽃무늬 재킷에 하늘거리는 시폰 머플러라면 할머니일 확률이 높다. 집 안에서도 화려한 꽃무늬를 고수하던 모습이 눈에 선했다. 그 사람이 고개를 들 때 나도 모르게 신음 소리를 냈다. 원장님이 내려서 "누구 찾아오셨나요?"

라고 묻자 "할머니같이 안 보이겠지만 나 진해미 할미요!"라고 도장을 찍듯 정확하게 말했다. 아이들이 일제히 나를 쳐다봤다.

"내 나이보다 열 살 적은 쉰다섯 쯤으로 보여 의심되겠지만 해미 할머니 맞아."

"아, 그러세요. 반갑습니다. 그런데 어쩐 일로 이 아침에……."

"내가 전화한 거 기억 안 나? 방학 때 해미 서울로 보내 달라고 했잖아. 대답이 뜨뜻미지근해서 방학 날짜 맞춰 밤차 타고 해미 데리러 왔지."

할머니는 원장님을 아래위로 훑으며 반말로 말했다. 창피해서 의자 밑으로 숨고 싶은 심정이었다.

"아 네, 그런데 해미가 방학 때 학원 다니겠다고 해서 보내기가 좀…… 해미는 우리와 함께 사는 가족이에요. 마음대로 오라 가라 하시면 안 되고 무엇보다도 해미 뜻이 중요해요."

"방학이라고 해서 손녀 보고 싶어 왔는데 무슨 말도 안 되는 소리야? 안 그래도 손녀를 자주 못 봐서 마음 아픈데."

할머니가 손으로 가슴을 쳤다. 서울 살 때도 보기 싫다던 할머니가 새남까지 와서 뜬금없는 말을 했다. 여차하다 할머니가 엄마한테 그랬던 것처럼 원장님한테 고함이라도 치면 큰일이라는 생각에 차에서 내렸다. 할머니가 생전 처음으로 몹시 반가워하며 내 손을 잡았다.

"아이구, 해미야. 그 사이에 키 많이 컸네. 해미야. 할아버지가 많이 아프셔. 너를 보고 싶어 해서 할미가 데리러 왔다."

만날 때마다 할머니 몰래 나에게 사랑을 표현해 주신 할아버지가 아프다는 말에 걱정이 됐다.

"할아버지 많이 아파요?"

"그래, 속상해서 죽겠다. 손주라고는 너밖에 없는데 네가 가서 뵈어야 하지 않겠니?"

아빠가 외아들이니 손주가 나밖에 없는 건 맞는 말이다.

"할아버지가 영 기운을 못 차려서 내가 요즘 사는 게 사는 게 아니다. 해미를 보면 할아버지가 많이 나아지실 것 같아. 방학 동안 할아버지랑 지내면 안 되겠니? 할아버지가 너를 한시라도 빨리 보고 싶어 해서 내가 밤차 타고 왔단다."

친절한 어투로 말하는 할머니가 너무도 낯설었다. 할머니가 싫긴 하지만 아픈 할아버지를 외면할 수는 없는 일이었다.

"할아버지를 만나고 싶어요."

내 말에 원장님이 고개를 끄덕였다.

"오늘 우리 애들 서울 갑니다. 해미도 같이 지낸 뒤 저녁에 댁에다 데려다줄게요. 개학 일주일 전까지는 돌아올 수 있게 해 주세요. 해미야, 들어가서 책이랑 참고서 갖고 나와."

내가 들어가려고 하자 할머니가 황급히 소리쳤다.

"책은 안 갖고 가도 된다. 방학인데 좀 쉬어야지. 그럼 저녁에 꼭 데려다주세요. 주소는 핸드폰으로 보내리다."

할머니는 그 말을 남기고 타고 온 택시를 도로 타고 떠났다.

원장님이 "이제 진짜 출발!"이라고 외치자 아이들이 함성을 질렀고, 다시 원래 분위기로 돌아왔다. 재잘대던 아이들은 금방 잠 속으로 빠져들었다. 나는 정신이 점점 더 명료해졌다. 할머니의 이중적인 모습에 걱정이 몰려왔다. 정말 할아버지가 아픈 걸까? 거짓말은 아닌 것 같았다. 그게 아니라면 꼴도 보기 싫은 며느리를 꼭 닮았다며 내친 나를 찾아올 리 없을 테니까.

하지만 뭔가 수상쩍고 꺼림칙했다. 그렇더라도 이참에 할아버지도 만나고 아빠 소식도 들을 수 있지 않을까, 하는 기대가 일었다. 엄마 소식까지는 모른다 해도. 아빠가 알코올중독 치료를 끝내고 깜짝쇼를 벌이는 걸지도 모른다는 기대가 일었다. 나를 만나는 게 많이 민망할 테니까. 제발 그런 일이 벌어지길 마음속으로 간절히 바랐다. 술만 취하지 않으면 아빠는 최고니까. 어떤 일이 펼쳐질지, 두근거리면서도 불안했다.

휴게소에 내려 밤새 원장님이 싼 김밥을 먹고 다시 차에 올랐을 때 모두 재잘대기 시작했다. 마음이 복잡했으나 오늘 하루 라희와 즐겁게 지내기로 마음먹었다.

서울타워에 갔을 때 날씨까지 화창해서 서울 시내가 다 내려다보였다. 감탄사를 내뿜느라 정신없는 아이들 틈에서 내가 살았던 집이 어디쯤일까, 가늠하는데 눈물이 핑 돌았다. 초등학교 2학년 때 엄마가 정확히 알려 주었지만 어딘지 알 수 없었다. 엄마가 내 옆에 있었다면 많은 걸 가르쳐 주었을 텐데, 그 생각에 마음이 저렸다. 하지만 재빨리 추슬렀다.

롯데월드에 입장할 때 어쩔 수 없이 눈물이 차올랐다. 양손을 아빠 엄마에게 맡기고 걱정이라곤 한 톨도 없던 어린 시절이 떠올랐기 때문이다. 라희 손을 잡고 일행과 함께 자리를 옮길 때마다 마음이 울컥울컥 쏟아지는 듯했다. 여기저기 바라보느라 정신없는 라희를 챙기느라 그나마 옛 생각을 밀어낼 수 있었다. 왜 원장님이 짝을 지어 주었는지 이해가 갔다. 차분하기 이를 데 없는 라희조차도 붕붕 뜨는 마음을 주체하지 못하고 이리저리 쳐다보느라 정신없었다. 목소리가 한껏 고조된 라희와 보조를 맞추느라 나도 어느 순간 기분이 좋아졌다.

"무서운 것도 콜?"

원장님의 제안에 대표님이 "애들 자다가 오줌 싸. 나도 무서운데."라고 하자 지혜와 유리가 "무서운 거 타고 싶어!"라고 이중창을 했다. 하지만 초등학생 팀은 대표님과 함께 회전목마와 풍선비행, 드림보트 같은 걸 타기 위해 우리와 헤어졌다.

정민이와 고은영은 가장 무서운 것에 도전하자고 호기롭게 외쳤다. 일단 스페인해적선 맨 뒷자리에서 목이 쉬도록 소리 지르며 바이킹을 만끽한 뒤 연속으로 후렌치 레볼루션에다 후룸라이드까지 섭렵했다. 자이로 드롭에서 하강하고 나올 때 고은영이 "엄마 진짜 오늘 밤 오줌 쌀 것 같아."라고 했지만 다들 웃지 않았다. 얼굴이 하얗게 질린 우리 일행이 한쪽 구석에 앉아 숨을 헐떡이며 진정해야 했기 때문이다.

마지막으로 놀이동산에 왔던 4학년 때 아빠는 대기 당번이었다. 엄마와 나는 간식 먹다가 아빠가 우리 차례라고 문자를 보내면 풍선비행에 올라 빙빙 돌면 됐다. 자이로 드롭을 타고도 끄떡없는 중학교 2학년이 됐으니 더 이상 칭얼대지 말자고 다짐했다. 하지만 그런 다짐 사이사이 할머니의 이중적인 얼굴이 떠올라 불안함이 밀려왔다.

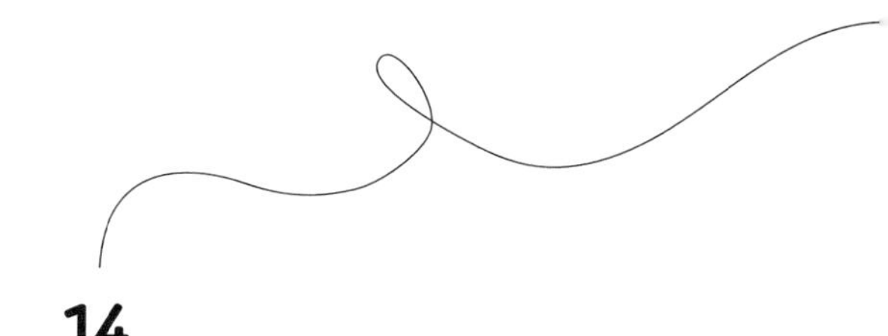

14

빌딩들이 점점이 불을 밝힐 때 할머니가 사는 초고층 아파트 단지 앞에 도착했다. 높은 층수에 비례해 정원이 넓고 단지가 뚝뚝 떨어져 있는 고급 아파트이다. 아이들이 부러운 눈빛으로 나를 바라봤다. 정민이가 특히 놀란 표정이었다. 가방을 챙기는 나에게 라희가 "언니 다시 천사의집으로 안 올 것 같아."라고 할 때 정색하고 "꼭 돌아갈 거야."라고 다짐하듯 답했다. 원장님은 고개를 갸우뚱거리며 미심쩍은 표정을 지었다.

"해미야, 무슨 일 있으면 바로 연락해. 엄마가 네 뒤에 있다는 거 잊지 말고."

서울에 이만한 집이 있는데 나를 새남으로 보냈으니 누가 봐도 이상할 건 분명했다.

원장님의 우려는 내가 할머니 집에 들어서면서 바로 현실이 되었다. 할머니는 천사의집 앞에서 보인 부드럽고 친절한 모습이라곤 티끌만큼도 남아 있지 않은 얼굴로 나를 맞았다. 다만 할아버지가 아픈 건 사실이었다. 할머니는 "백 세 시대인데 겨우 칠십에 치매 영감탱이가 될 줄 누가 알았겠어. 자식 복 없는 년이 남편 복이라고 있겠어."라며 한탄했다. 할아버지는 나를 잘 알아보지 못했다. 그러다가도 금방 "아, 해미구나. 해미야 금방 갈 거지? 용돈 줘야 되는데 돈이 어디 있더라." 하고 찾았다.

할머니가 친절을 가장해 나를 불러올린 이유를 바로 다음 날 알게 됐다. 오후 1시에 방문한 요양보호사가 내 얘기를 들었는지 "네가 해미구나." 하고 말했다. 아줌마는 그동안 불만이 많았던 듯 나를 보자마자 이야기를 쏟아 놓았다.

"여기는 요양보호사들이 기피하는 집이야. 할머니가 퇴근 전에 안 돌아오기 일쑤니까 누가 오려고 해. 외출 시간이 길어지면 연장한 시간만큼 최저임금을 계산해서 주면 될 텐데 그 돈이 아까워서 너를 부른 게지."

국가에서 제공하는 방문요양서비스는 하루 세 시간이었다. 그러니까 할머니는 오래 외출하기 위해 나를 불러올린 것이다.

"데이케어 센터에 가서 할아버지가 종일 사람들과 같이 지내면 치매도 좋아질 텐데, 거기 보내시라고 했다가 혼만 났다니까. 할아버지가 뭐가 어때서 그런 데 가냐면서."

아줌마는 아직 할아버지 치매가 깊지 않아 정신이 반짝 들 때도 있다고 했다. 사람을 많이 만나면 증상이 천천히 진행되는데 할머니가 할아버지를 밖으로 못 나가게 한다며 혀를 끌끌 찼다.

"무슨 일이 생기면 현실을 직시해야 하는데 인정하지 않으려는 심리도 있어. 너희 할머니가 그런 거 같아. 자기 입으로 치매 영감탱이라고 하면서도 나한테는 치매가 아니라는 거야. 괜히 밖에 나가 헛소리하지 말라고 단단히 입조심까지 시키더라니까. 병은 소문을 내야 고칠 수 있다는데 체면 때문인지 할아버지를 가둬 두려고만 해서 안타까워."

아줌마가 강하게 얘기해서 할아버지 치매 약은 처방받았다니 그나마 다행이었다.

할머니는 주로 오전 11시쯤 집을 나섰다. 대개 점심 약속이었다. 전화가 걸려 오기도 하고 할머니가 먼저 걸 때도 있었다. 대화하다가 "우리 남편 요즘 아는 분 회사에 출근하잖아."라고 말하기도 했다. 아줌마 말대로 주변 사람들에게 할아버지의 병을 숨기는 게 분명했다. 할머니는 집을 나설 때 나와 할아버지 점심 걱정은 조금도 하지 않았다. 냉장고에 신김치와 조미김만 잔뜩 들어 있었다.

원장님은 무슨 낌새를 차렸는지 헤어지기 전에 체크카드를 나에게 건넸다.

"돈을 좀 넣어 놨으니까 필요할 때 써. 할머니가 주시겠지만 비상 상황이 생길 수도 있으니까. 체크카드 있다는 건 누구한테도 말하지 말고."

그 카드를 받을 때만 해도 쓰지 않고 돌려 드릴 생각이었으나 그나마도 없었으면 식사를 제대로 못 할 뻔했다. 원장님은 입버릇처럼 "촉이 안 좋아. 촉이."라고 했는데 그날 아파트 앞에서 촉이 발동한 것 같았다.

할머니는 요양보호사가 퇴근하는 4시 안에 돌아오는 법이 없었다. 어떤 때는 밤 10시에 오기도 했다. 언제 돌아오든 나에게 뭘 먹었는지 할아버지는 뭘 드셨는지 묻지 않았다. 요양보호사가 만들어 둔 몇 가지 반찬을 보고 우리가 잘 먹고 있는 걸로 여기는 듯했다. 아줌마는 쯧쯧 혀를 차면서 내가 사 온 식재료로 반찬을 만들어 주었다.

"부인이 건강하면 대개 직접 반찬을 만들거든. 식재료를 준비해 놓고 만들어 달라고 부탁하기도 하지만. 그런데 할머니는 아예 반찬 걱정은 안 하나 봐. 워낙 할아버지 드실 게 없어 내가 우리 집에서 반찬을 갖고 온 적도 많아. 너라도 있어서 다행이다만 방학 끝나면 갈 거 아냐."

아줌마는 고개를 설레설레 흔들며 걱정했다.

"아직은 할아버지 증상이 깊지 않다지만 만약 드러눕고 대소변을 받아 내야 하면 어쩔 거야. 저렇게 밖으로 나돌 생각이면 차라리 할아버지를 시설 좋은 요양원에 보내시든가. 내가 그 얘기 했다가 또 한 소리 들었잖아. 잘 걷고 화장실 걸음 다 하는데 뭐가 어때서 그런데 가냐면서 또 소리 지르더라."

할머니보다 아줌마가 할아버지 걱정을 더 많이 하고 있었다.

"너희 할머니가 몰라서 그러는지 알고도 나 몰라라 하는 건지, 치매는 불치병이야. 최대한 늦출 수 있게 옆에서 도와야 하는데 방치하고 있으니 답답하지. 정보를 줘도 들으려고 하질 않아. 너라도 할머니 기분 좋을 때 얘기 잘해 봐. 이렇게 가둬 두면 갑자기 나빠지는 수가 있어."

할머니는 아줌마 얘기보다 내 얘기를 더 안 들을 게 뻔해 한숨이 나왔다. 혹시 아빠가 왔다 간 적 있냐고 물어보니 아줌마가 고개를 끄덕였다.

"두 번인가 왔는데 너희 아빠가 돈 얘기를 꺼내서 할머니하고 싸우기만 했지. 할아버지 연금을 할머니가 일시불로 받아서 어디 투자했다가 날렸다던가……. 하여간 돈이 없다고 하더라고. 두 분이 심하게 싸우다가 너희 아빠가 확 나가 버렸어. 큰 소리로 싸우니까 할아버지가 불안해서 막 소리 지르고 그랬지."

아줌마에게 아빠 상태가 어땠는지 묻자 한숨부터 내쉬었다.

"네 아빠가 알코올중독 치료를 받는다던데 며칠 후에 술을 마시고 왔더라고. 치료받다가 다시 술 마시면 꽝인데 말야. 엄마 때문에 내 인생 다 망쳤다고 하니까 너네 할머니가 소리를 지르면서 창피하다, 꼴도 보기 싫다고 하더라. 그때 할아버지가 정신이 돌아와서 자식한테 그게 무슨 소리냐고 호통을 치시더라."

아빠가 다시 술을 마시고 왔다는 말에 화도 나고 마음도 아팠다.

"다 큰 성인이 늙은 부모한테 손 벌리는 건 좀 그렇지만 그래도 중독에서 벗어나게 하려면 주변에서 도와야 하는데 이래저래 안됐더라. 술이든 도박이든 마약이든 한 번 중독되면 끊기 어렵거든. 너희 아빠 얼굴색이 거무튀튀해서 그렇지 인물은 좋던데 어쩌다 술 중독에 빠졌는지 원."

"혹시 우리 엄마 얘기도 들었어요?"

"할머니가 맨날 있는 척, 고상한 척하더니 너희 아빠랑 싸울 때 내가 집안 얘기를 알게 되고 나서는 맨날 너희 엄마 욕하더라. 아들이 좋은 학교 나오고 번듯한 회사 다녔는데 시골 촌 여자, 돈도 없는 여자 만나서 망했다고. 이미 결혼했는데 계속 며느리 탓을 하면 어떡해. 가족이 됐는데 가족으로 생각하지 않는 게 이상한 거지."

엄마가 하던 말이다. 할머니는 우리를 가족으로 생각하지 않는다고. 천사의집은 가족 아닌 사람들이 모여 살아도 끈끈하기만 한데, 왜 할머니는 가족인 엄마를 미워한 걸까. 게다가 아빠는 왜 술에 취해 가정을 공중분해 한 걸까. 어른이 되면 나쁜 선택을 함부로 해도 되는 걸까. 머리가 복잡한 생각으로 가득해 어지러웠다.

요양보호사 아줌마는 내가 새남까지 가게 된 사연을 듣더니 단호하게 말했다.

"방학 끝나기 전에 새남으로 가. 너 여기 있다간 학교 제대로 못 다녀. 그놈의 스떼끼 써는 게 그렇게 좋나. 난 맛도 없던데."

아줌마는 할머니가 친구하고 전화할 때 스테이크를 '스떼끼'라고 한다며 웃었다.

"결혼식도 가고 구청 경로 행사 같은 데도 가고, 너희 할머니는 스떼끼도 스떼끼지만 밖에 안 나가면 좀이 쑤시나 봐."

아줌마가 한숨을 푹 내쉬었다.

"할아버지 상태가 점점 심해져도 너희 할머니는 계속 외출할걸? 너만 독박 쓰는 거야. 우리딸은 의대 가려고 방학에도 학원 다녀. 너랑 같은 중2야. 사춘기도 없어. 집에 오면 해이해진다며 밤늦게까지 독서실에서 공부하고, 아주 기특해 죽겠어. 우리딸 힘껏 밀어주려고 내가 열심히 일하는 거야. 우리딸이 공부 머리가 있거든. 우리딸이 나의 희망이야."

엄마가 있었다면 똑같은 말을 했을 것이다. 아줌마 말에 차오르는 눈물을 누르며 내 각오를 단단히 밝혔다.

"방학 끝나기 전에 새남으로 돌아갈 거예요. 열심히 공부해서 저도 의대 갈 거예요."

"그래, 열심히 하면 안 될 게 없지."

아줌마가 나를 격려해 주었다. 새남에 가서 바로 공부 시작하면 아줌마 딸을 따라잡을 수 있을 것이다. 다음 방학에 또 올지 모르지만 마지막이라고 생각하고 할아버지를 잘 돌봐 드리기로 마음먹었다.

"아휴, 지린내. 너희 할아버지가 화장실 다녀오면 바닥에 오줌이 흥건해. 변기 커버도 맨날 안 젖히고."

아줌마의 짜증 섞인 소리에 내가 바로 달려가서 변기 커버와

욕실 바닥을 박박 닦아 냈다.

"내가 너 때문에 온다. 너는 뭐든 해내겠어. 야무져서 말야. 나중에 의대 가서 내 딸하고 같이 공부하면 좋겠다. 내가 오늘 반찬 좀 갖고 왔으니까 할아버지랑 맛있게 먹어."

원장님께 제대로 표현을 못 했던 게 떠올라 아줌마에게는 마음껏 감사를 표했다. 그럴 때마다 "딸 같아서 그렇지."라며 격려해 주었다.

할아버지가 가끔 정신이 들어 반가워하면 힘이 났다.

"아이구 우리 손녀 왔네. 니 할미가 니 엄마를 집에 못 오게 해서 얼마나 보고 싶었다고. 울적할 때 해미 돌 사진 보면서 힘냈잖아. 보여 줄까?"

할아버지는 지갑에 끼워 놓은 내 사진을 보여 주었다. 눈물이 핑 돌았다.

"니 할미가 결혼을 반대했는데 니 아빠가 니 엄마랑 결혼해 버렸지. 할미가 독이 올라 해미가 초등학교 들어갈 때까지 너희 식구들을 못 오게 해서 내가 너희 집에 가서 너도 안아 보고 이 사진도 얻어 왔지."

할아버지가 계속 내 사진을 들여다보며 환하게 웃었다. 할아버지가 나를 예뻐했다는 말에 감사가 밀려왔다. 이번 방학만이라도 할아버지에게 정성을 다해 정신을 잃지 않도록 돕고 싶었다.

할머니는 내가 군말 없이 집안일을 하자 마음 놓고 외출 시간을 앞당겼다. 나갈 때마다 나에게 할아버지를 절대 문밖에 내보내면 안 된다고 당부했다. "아파트 사람들이 치매라는 거 알면 창피해."라고 혼잣말을 하기도 했다. 할머니가 나가면 나는 재빨리 도시락을 싸서 할아버지하고 아파트 정원에 나가 햇볕을 쐬며 먹었다. 할아버지는 밖에 나올 때마다 몹시 좋아했다. 그러다 나를 보고 "누구슈?"라고 했다.

"할아버지, 나 해미잖아. 할아버지 손녀 해미. 해미야, 해 보세요."

"아아, 해미지. 해미야!"

"할아버지 정신 바짝 차려. 정신 줄 놓으면 안 돼."

"알았어. 해미야."

도시락을 먹고 나면 할아버지 손을 잡고 아파트 단지를 빙빙 돌았다. 할아버지는 나에게 아빠하고 엄마가 요즘 덜 싸우는지 묻곤 했다. 할아버지는 우리 가족이 뿔뿔이 흩어진 걸 모르고 있는 게 분명해 무조건 괜찮다고 말했다.

"니 아빠가 어릴 때 말도 잘 듣고 얼마나 똑똑했다고. 지 엄마가 극성을 부려 애가 비뚤어졌지. 애를 놀지도 못하게 학원 뺑뺑이 돌리고 밤에 재우지도 않고 공부하라고 윽박지르니 반항심밖에 더 생겨? 성적 떨어졌을 때 많이 맞은 걸 내가 나중에야 알았지. 부모한테 공경하라는 말만 했지, 아이를 노엽게 하지 말라는 말은 다들 기억을 안 해."

할아버지는 한숨을 쉬며 내 손을 꼭 잡았다.

"그래도 느이 엄마 만나서 좋아졌지. 우리 며느리가 워낙 예쁘니까, 정신이 쏙 빠져서 지 엄마가 길길이 뛰어도 둘이 결혼했지. 우리 해미가 엄마를 똑 닮아서 예뻐."

아빠와 엄마 사이 좋았을 때 모습이 떠올라 눈물이 핑글 돌았다. 할아버지는 매일 밖에 나가고 나와 대화를 계속해서인지 처음보다 좋아진 것 같았다. 요양보호사도 할아버지가 많이 좋아졌다고 말했다.

"해미가 와서 할아버지 컨디션이 아주 좋아졌어. 혈색도 좋고. 치매 환자는 가족들이 북적이는 곳에서 대화를 많이 하면 좋아지거든. 가능한 한 할아버지한테 말을 많이 시켜. 치매 약도 꼭 드시게 하고."

여전히 아줌마가 할머니보다 할아버지 걱정을 더 많이 했다. 내가 있는 동안만이라도 할아버지 치매가 더 나빠지지 않기를 바라는 수밖에 없다. 금방 새남으로 돌아가려 했지만 가능하면 오래 있다가 가기로 마음먹었다. 개학 일주일 정도 앞두고 가서 2학기 준비하며 학원 등록을 알아보면 될 것 같았다.

개학이 열흘 정도 남았을 때 백팩을 꺼냈다. 별로 가져온 게 없어 딱히 정리할 물건도 없었다. 원장님이 책을 가져가라고 할 때 만류한 할머니는 애초에 나에게 책 읽을 시간 따위를 줄 생각이 없었던 듯했다. 할머니에게 더 실망할 힘도 남아 있지 않다.

15

저녁 7시쯤 식사와 설거지를 마치고 빨래를 했다. 대부분 할아버지 옷이었다.

“저러다 기저귀 차겠어. 어휴 내가 정말 못 살아. 오줌을 찔끔거리고 똥도 지리고. 똑똑하고 점잖은 거 보고 살았는데 구질구질 영감탱이가 됐어.”

할머니는 수돗물로 한 번 비벼 빨아 세탁기에 넣으라고 했다. 가끔 팬티에 변이 묻어 있는 경우도 있었다. 고무장갑을 끼고 오물을 씻어 낼 때 구역질이 났지만 새남에 갈 때까지만 참기로 했다. 내가 가면 할머니가 해야 하니 불쌍한 생각도 들었다.

“할머니, 할아버지를 데이케어 센터나 요양원에 보내면 할머니도 편하시잖아요. 할아버지도 체계적으로 관리를 받을 수 있을 텐데."

요양보호사의 말을 떠올리며 할머니에게 권하자 벌컥 화를 냈다.

"센턴가 뭐시긴가 그런데 다니면서 내 남편 치매 걸렸네, 광고할 일 있냐? 그리고 요양원 비용은 하늘에서 떨어지냐? 니 아빠가 한 푼 보탤 형편도 안 되고. 얼마 안 남은 돈을 그런 데다 쓸어 넣으란 말이냐?"

요양보호사 말대로 할머니는 할아버지를 위해 아무 계획도 갖고 있지 않았다. 모쪼록 할아버지가 다음 방학 때까지 나를 잊지 않기만 바랐다. 할아버지를 생각해서 방학마다 며칠 만이라도 서울을 다녀가리라 마음먹었다.

닷새만 있으면 새남으로 돌아간다. 원장님이 기차표를 예매해 좌석 번호와 승차 시각을 카톡으로 알려 주겠다고 했다.

"좌석만 찾으면 끝! 표 검사도 안 해. 승무원들이 쓱 지나가면서 제자리에 잘 앉아 있나, 그것만 보거든. 개찰 때도 검사 안 해. 이미 객차 안에서 확인 끝났으니까. 스마트 시대잖아."

서울역에서 기차를 타고 내 자리에 앉으면 끝이라며 "쫄지 마, 무서운 것 없는 중2는 다 할 수 있어. 내리면 엄마가 딱 기다리고 있을게."라고 했다. 혼자 기차 탈 생각을 하니 두려우면서도 기대되었다. 기차표 이미지를 언제 보내 주실까, 궁금해하며 핸드폰을 꺼내는데 벨이 울렸다. 짧은 순간에 아빠일까? 엄마일까?

가슴이 두근두근했지만 원장님이었다.

"해미야. 너 전학 수속 끝났어. 할머니한테 얘기 들었지? 너희 옛집이 할머니 집과 가까웠나 보구나. 예전에 다니던 학교에 다시 가게 된 걸 보니. 할머니가 서울에서 공부하는 게 너한테 나을 것 같다고 하실 때 나도 같은 생각이었어. 너도 좋다고 했다니 이 엄마는 좀 섭섭했지만 말야. 할머니도 좋으시고, 큰 아파트에 경제력도 있으니 이 촌구석에 사는 것보다 훨씬 낫지."

굵은 동아줄이 나를 친친 감는 느낌이었다. 할머니가 원장님과 학교에 연락해서 내 전학을 밀어붙인 것 같았다. 내가 찬성했다는 거짓말까지 하면서. 앞으로 내가 이 집에서 어떻게 지내게 될지, 너무도 뻔해 숨이 가빠 왔다.

"우리딸, 나와 그렇게 오래 지내진 않았지만 나는 네가 엄마라고 부른 거 기억해. 서울에서 공부하면 의대 들어가기 훨씬 쉬울 거야. 네가 의대 간다고 해서 너희 할머니 말씀에 동의한 면도 있어. 아무래도 서울 학교와 학원에서 공부하는 게 훨씬 유리할 테니까. 의대 들어가면 꼭 의료 봉사 와라. 졸업하고 새남에서 개업하면 대환영이고."

원장님은 내 처지를 조금도 모르고 들뜬 목소리로 말했다.

"애들이 섭섭해해. 특히 정민이가 너한테 많이 미안한 모양이더라. 라희는 시무룩하고. 좀 가까우면 와서 송별회라도 하는 건데 아쉽다. 개학이 얼마 안 남았네. 네 짐은 우체국 택배로 부쳐줄게. 겨울방학 때 시간 되면 잠깐 와도 좋고. 언제나 환영한다. 우리 잊지 마."

제대로 인사도 못 하고 전화를 끊었다. 라희가 나에게 돌아오지 않을 것 같다던 말이 현실이 됐다. 꼭 갈 거라고 한 약속을 지키지 못하게 되다니, 거짓말쟁이가 되어 버렸다. 하긴 라희 걱정할 때가 아니다. 꽤 단단해 보이고 속이 깊은 라희는 어떻게든 헤쳐 나가겠지. 시크릿 데이트를 하며 한 명 한 명의 엄마가 되려고 노력하는 원장님이 있으니까. 눈물이 푹 쏟아졌다. 나와 시크릿 데이트를 해 준 원장님이 고마워서, 다시는 시크릿 데이트를 할 수 없게 되어서. 한참 울고 있는데 요양보호사의 말이 떠올랐다.

"방학 끝나기 전에 새남으로 가. 너 여기 있다간 학교 제대로 못 다녀."

아줌마 말대로 될 게 분명했다. 울고 있을 때가 아니었다. 어떻게 된 일인지 할머니에게 자초지종을 물어보고 대책을 세워야 했다. 가슴이 답답해서 거실을 몇 바퀴나 돌았다. 조금 전에 잠든 할아버지가 깰까 봐 터져 나오려는 고함을 꾹 참으려니 속이 터질 것만 같았다.

밤 10시가 가까운 시각에 할머니가 들어왔다. 거실 탁자에 핸드백과 재킷을 팽개치더니 소파에 벌렁 드러누우면서 나한테 소리쳤다.

"냉수 한 사발 갖고와라. 찌개가 짰는지 원."

물을 벌컥벌컥 마시는 할머니 앞에 가만히 서 있었다.

"이년이 어디 눈을 치뜨고."

"할머니 맘대로 저 서울로 전학시키셨어요? 나도 전학을 원한다고 거짓말하셨어요?"

"뭐 잘못됐냐? 그 촌구석으로 돌아가게? 허허벌판에 집 몇 채밖에 없는 촌구석에서 뭘 보고 배우겠냐? 사람은 자고로 서울에서 살아야지. 원래 네가 다니던 중학교니까 잘됐지 뭘 그러냐."

"저 새남으로 갈래요. 거기서 아이들이랑 원장님이랑 살면서 공부 열심히 할 거예요. 여기서는 보나 마나 공부할 시간도 없을 테니까."

할머니가 소파에서 일어나더니 탁자 위의 재킷을 나한테 던지며 소리 질렀다.

"배은망덕한 년아. 할아버지 할머니 다 버리고 너 혼자 편하게 살겠다 이거냐? 아들이라고 하나 있는 게 술만 처먹더니 폐인 됐고, 남편은 치매에 걸렸고 나는 어떻게 살라고 아이고."

갑자기 할머니가 소리 내어 엉엉 울었다. 어떻게 해야 할지 몰라 난감해하는데 할아버지가 방에서 나왔다.

"마누라 왜 울어. 아이구 불쌍한 마누라. 울지 마."

할아버지가 티슈로 할머니 눈물을 닦아 주려 하자 할머니가 고개를 홱 돌렸다. 그제야 할머니가 눈물을 한 방울도 흘리지 않은, 가짜 울음을 울었다는 걸 알았다. 나를 속이기 위해 우는 연기까지 하는 모습에 다리가 풀려 거실에 푹 주저앉았다. 할머니의 가짜 울음이 금방 잦아들고 대신 내 울음소리가 커졌다. 할아버지가 티슈를 갖고와 내 눈물을 닦아 주었다. 할머니는 내가 울든 말든 상관없다는 듯 방으로 들어가 버렸다.

밤새 잠이 오지 않았다. 전학 수속까지 끝냈으니 돌아갈 수도 없는 일이다. 서울에서 공부하는 게 훨씬 나을 거라며 축하까지 해 준 원장님에게 사태를 설명할 자신도 없다. 군청에서 이미 다른 아이를 천사의집에 배정했을 지도 모를 일이다. 다시 못 간다 생각하니 그동안의 일들이 휙휙 지나갔다. 티격대던 정민이도, 내가 보호하려던 라희도 마치 꿈속에서 만난 아이들 같았다. 모든 것이 아련해지면서 강 저편으로 사라지는 듯했다.

원장님은 겨울방학 때 오라고 했지만 불가능했다. 차비를 마련하는 것조차 힘들 테니. 매일매일 즐거운 천사의집 아이들은 나를 금방 잊겠지. 또 새로운 아이가 올 테고 그 아이한테 관심 쏟기도 바쁠 테니까. 하염없이 눈물만 흘렀다.

할머니가 원망스럽긴 하지만 한편으로는 안쓰러운 마음도 들었다. 요양보호사가 머무는 시간이 겨우 세 시간이니 내가 없을 때 할머니는 마치 감옥에서 생활하듯 힘들었을 것이다. 밤새 뒤척이면서 얻은 결론은 최대한 할머니를 돕되 열심히 공부하자는 것이었다. 할머니가 날 학원에 보내 줄 리 만무하니 EBS 강의와 인터넷 강의로 보충하는 수밖에 없다. 교재와 인강 수강료 정도는 할머니가 주시겠지. 내가 그만큼 집안일을 하면 될 테니까. 할머니 집에 있다 보면 아빠도 만나고 엄마 소식도 들을 수 있을 거라는 희망으로 마음을 달랬다.

열심히 공부하여 꼭 의과대학에 가리라 다짐했다. 의대 들어가기가 몹시 힘들다지만 최선을 다하면 못 넘을 산은 없을 테니까. 대학에 가면 바로 독립하고 새남으로 의료봉사 가야지. 5년 후면 천사의집에 갈 수 있다. 그때쯤 고등학교 1학년이 된 라희는 몹시 발랄하고 당당하겠지. 정민이가 서울에 있는 대학으로 온다면 같이 지낼 수도 있겠다. 그런 생각을 하니 마음이 좀 진정되었다.

아침에 내 눈치를 보는 듯하던 할머니가 여지없이 10시쯤 단장을 시작했다. 나는 할머니 화장대 옆에 서서 내 각오를 똑똑히 전했다.

"여기서 학교 다닐게요. 대신 할머니 외출은 방학 끝날 때까지만이에요. 개학하면 할머니가 할아버지 돌봐 드려야 해요. 할머니가 일찍 나가고 늦게 들어오면 요양보호사가 안 올 거라고 했어요. 대신 제가 저녁에 도와드릴게요."

"돕다니, 말은 바로 해라. 아침저녁으로 일하는 건 니가 당연히 해야 하는 거지. 다 늙은 할미가 하랴?"

"알았어요. 대신 개학하면 요양보호사가 불편하지 않게 시간 잘 지키세요. 제가 천사의집 원장님이 주신 돈으로 장 봐 오면 아줌마가 반찬을 만들어 주셔서 할아버지가 밥을 드셨는데, 이제 저 돈 하나도 없어요. 그러니까 할머니가 할아버지 식사 잘 챙겨 드리세요."

"이년이 시에미처럼 잔소리는. 시끄럽다."

나는 내처 교재비와 인강비를 지원해 달라고 부탁했다. 그러자 할머니가 눈을 치뜨고 "그런 돈은 니 애비한테 달라고 해!" 하고 소리 질렀다. 그러더니 괜히 우는소리를 내며 "아들이라고 하나 있는 게 손녀 떠넘기고 코빼기도 안 보이고. 내 팔자야 내 팔자야."라고 타령을 했다. 아빠가 나를 떠넘긴 게 아니라 할머니가 나를 부려 먹으려고 눌러 앉힌 거잖아요, 그렇게 말하고 싶었지만 참았다. 자신이 하고 싶은 말, 자신에게 유리한 말만 하다가 안 통하면 우는 시늉을 하는 할머니와 입씨름해 봐야 힘만 빠질 뿐이다. 가능한 한 부딪치지 않고 내 할 일만 하기로 했다. 힘들겠지만 아픈 할아버지 옆에 있게 된 건 다행이었다.

할머니 앞에서 처음으로 목소리 높여 주장을 펼쳐서인지 가슴이 팔랑팔랑했다. 엄마한테 눈을 부라리며 퍼붓던 할머니의 예전 모습이 떠올라서였다. 그때는 가짜 울음 쇼 같은 건 하지 않고 엄마를 노려보며 독이 묻은 말 화살을 쉴 새 없이 쏘아 댔다. 남편 망하게 할 년, 집안 말아먹을 년, 시골 부엌데기 같은 년, 촌년이라고 엄마를 마구 욕했던 일이 생각나 부르르 떨렸다.

5년만 참자. 5년 동안 아빠도 돌아오고 엄마도 찾고 의과대학에도 진학하면 얼마나 좋을까. 할아버지 치매가 깊어지지 않고, 요양보호사들이 좋아하는 할머니로 변하는 것도 기대해 보고 싶다. 나의 첫 번째 목표는 의과대학 1학년 때 새남으로 의료봉사 가는 것이다. 목표가 확실해지니 힘이 났다.

16

베란다 한쪽에 쌓아 둔 짐에서 내가 1학년 때 입었던 교복을 찾아냈다. 그사이에 키가 커서 치마가 저절로 짧아졌다. 입학 초기 아빠가 집안을 엉망으로 만드는 통에 다른 아이들처럼 치맛단 올릴 정신이 없었던 게 다행인 건가?

1년 만에 돌아온 학교인데도 별다른 감회가 생기지 않았다. 하긴 몇 달 다니지 못했으니 애틋할 일도 없었다. 동급생과 친할 사이도 없이 새남으로 간 덕분인지 배정받은 2학년 3반에 알 만한 얼굴은 없는 듯했다. 나를 아는 체하려던 아이도 긴가민가한지 말을 걸지 않았다.

새남에서와 마찬가지로 은향중학교에서도 '침묵 신공'을 발휘하기로 마음먹었다. 내 처지도 처지지만 그냥 그 누구하고든 마주하고 싶지 않았다. 나를 불러내서 괴롭히는 아이들이 있다면 이번에는 가만히 있지 않으리라, 단단히 마음먹었다. 일어나지도 않은 일인데 갑자기 속에서 불이 나는 것 같았다. 누구든 건드리면 다 뒤집어 버리고 싶은 충동이 이글이글 타올랐다. 내 표정이 좋지 않은지 아이들이 가까이 오지 않았다. 사실은 학기 초여서 다들 분주한 것 같았다.

나를 위로하기라도 하듯 방과 후 영어·수학 특별강의 개설 소식이 들려왔다. 수강 의향을 물었을 때 손을 든 아이는 삼 분의 일 정도였다. 학원이 최고라는 말과 일타강사 이름을 들먹이는 말이 들려왔지만 나는 특별강의가 너무도 감사했다. 천사의집 원장님 말대로 서울에서 공부하는 게 분명 유리한 것 같았다.

하지만 방과 후 첫 수업부터 빠지고 말았다. 서울에서 공부하는 건 유리한지 몰라도 할머니 집에서 지내는 건 확실히 불리했다. 2교시가 끝나자마자 담임선생님이 나에게 가방을 싸서 교무실로 오라고 호출했다.

"집에 일이 있다니 빨리 가 봐라. 무슨 일이냐고 물어도 할머니가 묻지도 따지지도 말고 조퇴시키라면서 젊은 사람이 웬 말이 그렇게 많냐고 하시네. 아무리 연세가 많다지만 너무 무례하셔서 기분이 안 좋았지만 얼마나 급하면 저러실까 싶더라. 빨리 가 봐라."

부리나케 달려 집에 도착했을 때 화가 솟구쳐 문에다 머리를 쾅쾅 박고 싶은 심정이었다. 문 앞에 할머니가 적은 메모가 붙어 있었다.

'급한 일이 생겨 나간다.'

쪽지에서 할머니 목소리가 당당하게 울려 퍼지는 기분이었다. 너무 화가 나서 가방을 팽개치고 문에 기대앉는데 눈물이 주르르 흘렀다. 분명 할머니는 스떼끼 써는 점심을 놓치기 힘들었을 것이다. 개학한 지 일주일만이었다. 지난 일주일은 4시까지 돌아와서 요양보호사가 돌아간 뒤 할아버지를 돌보았다. 오늘부터 방과 후 수업까지 받고 저녁 7시쯤에 돌아온다고 몇 번이나 말했건만 할머니는 정규 수업도 못 받게 방해했다. 계모들이 괴롭히는 동화는 읽어 봤지만 조모가 횡포 부리는 이야기는 들어 본 적 없건만. 갑자기 생각나는 할머니들이 있었다. 마귀할멈과 마녀들. 이미 할머니가 그 대열에 들어선 듯해 소름이 돋았다.

저녁 8시에 돌아온 할머니에게 항의하듯 소리쳤다.

"집에 일이 있다고 저를 조퇴시켰는데 대체 무슨 일이었어요? 할머니 점심 드시는 게 그렇게 중요해요?"

"이년이 내가 뭘 먹었다고 떠드는 거야. 내가 꼭 나가 봐야 할 일이 있었다 왜. 치매 영감탱이 혼자 두면 안 되는 거, 그게 집안 일이지 뭐냐?"

"오늘부터 방과 후 수업하고 7시쯤 온다고 몇 번이나 말씀드렸는데 외출하시면 어떡해요."

"공부가 유세냐. 유난 떨기는. 시끄럽다. 에구 저녁도 못 먹었네. 밥상이나 차려라."

더 이상 말이 통하지 않았다. 내일부터 어떤 일이 있어도 절대 조퇴하지 않기로 단단히 마음먹었다. 요양보호사가 혀를 쯧쯧 차며 끓여 놓은 된장찌개에 댁에서 가져오신 총각김치를 차려 내놓자 할머니는 우걱우걱 먹더니 "설거지해라." 하고는 건넌방으로 들어갔다. 할아버지 방은 들어가지도 않아 내가 시중을 들어드려야 했다.

다음 날 7시에 귀가한 나에게 할머니는 3시면 끝날 텐데 뭐 하다 왔냐고 소리 질렀다. 방과 후 수업 얘기를 수없이 했건만 귓등으로 들은 게 틀림없었다.

그다음 날 3교시를 마친 나에게 담임선생님이 또다시 집에 가 보라고 했다. "안 가도 돼요. 아무 일 없어요."라고 했지만 담임선생님이 빨리 가 보는 게 좋을 것 같다고 했다.

"자주 조퇴하면 출석일수 맞출 수 없을 거라고 했는데 막무가내셔. 내가 핸드폰을 안 받았더니 교무실로 전화해서 선생님들한테 나 바꾸라고 소리를 버럭버럭 지르고 아휴. 내가 눈총 좀 받았지. 너 안 보내면 계속 전화하실 기세야."

담임선생님이 난처한 표정으로 말했다.

천사의집 원장님은 시크릿 데이트를 위해 딱 한 번 선생님께 '묻지 마 조퇴'를 당부드렸는데, 할머니는 수시로 나를 조퇴시키라고 으름장을 놓고 있다.

어디론가 가 버리고 싶었지만 할아버지를 생각해 터덜터덜 집으로 돌아왔다. 이제 문 앞에 메모도 없었다. 할머니는 놓칠 수 없는 점심 식사가 손녀 공부보다 훨씬 중요한 사람이었다.

책 몇 권과 옷가지 몇 개뿐인 썰렁한 내 방에서 한참을 소리 죽여 울고 난 후에 할아버지 밥상을 차렸다.

"아이구 처녀는 참 착해. 뉘신데 이렇게 밥까지 먹여 주고. 좋은 데 시집가겠어."

내가 등교하면서 바깥 산책을 못 해서인지 할아버지의 정신이 혼미했다. 울고 싶을 뿐이었다. 내가 또 집에 있는 걸 보고 요양보호사는 혀를 쯧쯧 찼다.

"요즘 초등학교 입학할 때 애를 학교에 안 보내면 부모를 잡아간다던데 중학생을 자꾸 조퇴시키는 건 안 잡아가나. 내가 고발해야 하나 어째야 하나. 에휴, 어떡하냐."

정말 어떡해야 할지 나도 알 길이 없었다.

방과 후 수업은 이미 진도가 많이 나간 상태였다. 화려한 원피스로 멋을 낸 긴 머리의 영어 선생님이 딱딱 끊어서 확신에 찬 목소리로 말했다.

"영어는 복습에다 암기야. 문장을 다 외워 버리면 영어는 프리패스! 자유행로 free path든, 무임승차 free pass든 전진, 전진 하니까. 그날 공부한 건 무조건 암기해 버려. 시간 없으면 한 번 읽고라도 와. 복습과 암기가 큰 차이를 낳는다는 거 명심해."

복습을 철저히 해서 성적을 바짝 올리려고 작심했건만 하루 걸러 조퇴니, 진도를 따라갈 수 없었다. 수학은 그나마 진도가 적게 나가 다행이라 여겼는데 내가 빠진 날 중요 개념을 몇 번에 걸쳐 설명했다는 말에 기운이 쭉 빠졌다.

며칠 잠잠하다 했더니 담임선생님이 또 나를 불렀다.

"너희 집에 불이 난 모양이야. 더 이상 조퇴는 안 된다고 하자 너희 할머니가 막 우셔서 놀랐어. 불은 껐다는데 너무 놀라서 할아버지가 너를 막 찾는대. 빨리 가 봐. 웬 난리냐. 노인들만 사셔서 그런가. 해미 부모님 해외 연수 가셔서 한 2년 있어야 오신다며. 너희 할머니도 고생이시다."

할머니가 체면 때문에 거짓말에다 가짜 울음까지 시전한 모양이다. 선생님께 죄송한 데다 혹시 부모님 연수에 대해 질문할까 봐 재빨리 인사하고 집으로 향했다.

할머니가 불났다는 거짓말까지 할 정도로 나쁜 사람은 아닐 거라 믿고 싶었다. 요양보호사가 한 말도 떠올랐다. 할아버지가 가스레인지에 주전자 대신 커피포트를 올리고 불을 켠 일도 있고, 집 안에서 연기가 나면서 경보기가 울려 경비가 달려온 일도 있다고 했다. 모두 할머니가 할아버지 혼자 두고 외출했을 때 일어난 일이었다. 온갖 걱정을 하며 달려갔을 때 평온한 집 안에 할아버지 혼자 멍하니 앉아 있었다.

"불났대. 불났대. 그렇게 말해야 돼."

나를 조퇴시키기 위해 할아버지에게 거짓말 연습을 시키고 선생님한테 진짜 거짓말을 한 할머니 때문에 속이 터질 것 같았다. 1시에 온 요양보호사가 나를 보더니 쯧쯧 혀를 찼다. 그때 방에서 나온 할아버지가 아줌마에게 "불났대. 불났대."라고 했다.

"불이 났다고? 어디?"

아줌마가 집 안을 살펴보다가 베란다로 나갈 때 창피해서 얼굴이 화끈거렸다. 더 이상 이렇게 지낼 수는 없다는 생각에 각오를 단단히 했다.

밤 10시에 돌아온 할머니에게 할아버지가 "불났대. 불났어."라고 하자 할머니가 할아버지 입을 막았다.

"아이구, 내가 정말 못 살아. 그 말은 어떻게 온종일 안 잊어버리냐. 헛소리 말고 들어가서 자요."

나는 아무 말도 하지 않고 할머니를 쏘아보았다.

"눈에 독이 가득 들었네. 이년아 눈꾸녕을 그렇게 뜨면 어쩔 건데."

"거짓말까지 해서 조퇴시켜야 했어요? 내일 당장 새남으로 갈 거예요."

정말 갈 자신은 없지만 할머니를 위협하는 길은 그것밖에 없었다.

"가라 이년아. 할애비 할미 버리고 가면 잘도 받아 주겠다. 니년이 여기서 나가면 내가 바로 새남군청에 전화해서 보호자가 멀쩡히 있다고 하면 되니까. 니가 가출했다고 하면 되니까."

할머니는 꿈쩍도 하지 않고 맞받았다. 내 머리 꼭대기에 앉은 할머니가 나를 마음대로 조종하는 것 같았다. 울음이 차올라 결국 흐느껴 울고 말았다.

"그 뭐냐. 홈스쿨링이라는 것도 있다며. 검정고시 쳐서 서울대 가는 애들도 많다는데 집에서 공부하면 되지 뭐가 걱정이냐. EBS 교재하고 인강비 내 주면 되냐?"

인심 쓴다는 듯 말하는 할머니 앞에서 내가 컥컥대며 울자 할아버지가 나를 잡고 눈물을 뚝뚝 흘렸다.

"처자 왜 울어. 왜 신랑이 도망갔어? 에이구. 나쁜 놈일세. 우리 아들도 생전 집에 안 와. 나쁜 놈이야."

할머니는 우리 둘을 보고 쯧쯧 혀를 차더니 건넌방으로 들어가 버렸다.

한참을 울었지만 속이 풀리지 않았다. 할아버지가 잠드는 걸 보고야 내 방으로 건너왔다.

17

침대에 누웠는데도 눈물이 그치지 않았다. 이대로라면 퇴학당할 게 분명했다. 열흘 만에 세 번이나 조퇴했고 앞으로도 할머니가 수시로 조퇴시킬 테니까. 불이 났다는 거짓말까지 한 할머니가 무슨 수를 써서라도 나를 학교에 안 보낼 것 같았다. 홈스쿨링을 하라며 이제야 선심 쓰듯 교재 구입비와 인강비를 주겠다니, 기가 막혔다. 홈스쿨링은 부모님이 관리를 해 주어야 하는데 대체 나 혼자 어떻게 공부하란 말인가. 무엇보다 내가 집에 있으면 할머니는 꼭두새벽에 나가 밤늦게 돌아오길, 밥 먹듯 할 게 뻔했다.

그래도 그 순간 떠오른 사람은 별수 없이 아빠였다. 아빠는 법적으로 나의 보호자니까. 아무리 아빠가 술에 중독되었다고 해도 정신만 든다면 내 편을 들어 줄 것 같았다. 하지만 핸드폰이 꺼져 있었다.

아빠, 나 할머니 집에서 지내요. 문자 받으면 꼭 전화 주세요.

간절함을 담아 문자를 보냈다. 조급한 마음에 다시 한번 쐐기를 박았다.

급해요. 꼭 연락 주세요.

엄마한테 전화해 봤지만 역시 꺼져 있었다. 엄마는 대체 어디에 있는 걸까. 내가 이런 처지가 된 걸 알기나 할까. 이제 보고 싶기보다 원망이 일었다.

원장님한테 전화하고 싶은 마음 간절하지만, 이제 나는 자격이 없다. 일곱 명의 아이뿐만 아니라 퇴소한 아이들까지 챙기느라 늘 바쁜 원장님에게 나는 아무 상관도 없는 아이였다. 잘 먹여 주고 사랑을 듬뿍 안기는데 말도 제대로 안 하고 버틴 게 너무도 죄송했다. 시크릿 데이트 때 따뜻하게 해 주고 생일에 미역국 끓여 준 일을 생각하니 눈물이 북받쳐 올랐다. 그때 핸드폰이 울렸다. 아빠가 문자를 본 게 분명하다는 생각에 눈물을 삼키며 전화를 받았는데 뜻밖에도 정민이었다.

"너 나 기억나? 서울 사니까 여기는 까맣게 잊었을 거 아냐."

"아냐. 잘 있었어?"

떨리는 목소리를 겨우 감추고 답했다.

"너 지금 떨고 있니? 내가 전화해서 놀랐구나. 너 가고 나서 미안했던 게 다 떠오르더라. 다시 한번 미안, 다 잊어 줘."

"아냐, 네가 호루라기 불어서 나 구해 준 거 죽을 때까지 못 잊을 거야. 대표님한테 말해서 애들 혼내 준 것도."

"너, 울었니? 목소리가 왜 그래."

"아냐, 밤이어서 그런가? 목소리를 낮춰서 그런가?"

"아, 그런 거야? 하긴 그렇게 좋은 아파트에서 가족들하고 사는데 울 일이 뭐가 있겠어. 내가 전화한 건 말야."

정민이가 본론을 꺼내 놓았다. 내가 떠난 뒤로 라희가 잠을 제대로 못 자고 놀라서 깨는 일이 많다고 했다. 내가 했던 것처럼 유튜브도 같이 봤지만 라희가 계속 우울하다는 것이다.

"내가 너처럼 섬세하지 못해서 그런가? 잘해 주려고 해도 라희가 계속 놀라고, 잠도 잘 못 자. 라희 상태가 영 안 좋아서 미정 언니가 놀이 치료도 받게 했는데 효과가 없어. 병원 치료를 시작할 수도 있대. 그러고 보면 너 굉장히 능력 있는 앤가 봐. 너랑 있을 때는 라희가 막 웃기까지 했잖아. 부럽다. 그래서 너한테 물어보려고 전화했어."

처음으로 정붙인 내가 떠나 버려 상처가 하나 더 얹어진 것 같았다. 라희에 대한 미안함에 내 처지까지 덧붙여지니 눈물이 북받쳐 오르면서 울음소리가 새어 나왔다.

"너 울어? 라희 생각하고 우는 거야? 울려서 미안해. 내가 잘해 보려고 너한테 연락한 건데. 내가 라희를 돌보게 되면서, 아참 돌본다고 하니 너무 거창하네. 좀 신경 쓰게 되면서 천사의집 떠나고 싶은 마음이 완전히 사라졌어. 확 비뚤어져서 친아빠 망신 주려던 생각을 버리고 성공해서 배 아프게 하는 걸로 바꿨거든. 엄마가 그게 진짜 원수 갚는 거라며 완전 팍팍 밀어주시겠대. 사실은 네가 서울 가니까 나도 너랑 보조 맞추려면 열심히 해야겠다는 각오가 막 생기더라. 나도 나중에 서울에 있는 대학 갈 거야. 우리 그때 만나자. 요즘 라희 잘 돌보고 열심히 공부해야겠다, 그 생각뿐이야. 나는 좀 괜찮아졌는데 너는 뭐가 안 좋아? 왜 울어."

"아냐, 미안해, 거기서 지낼 때가 떠올라 자꾸 눈물이 나네."

나는 황급히 목소리를 가다듬고 정민이에게 노하우라고 할 것도 없는 얘기를 전했다.

"라희가 잠들 때까지 지켜보다가 애가 놀라면 배를 토닥토닥해 줘. 그래도 놀라서 깨면 꼭 안아 줘. 그러면 진정될 거야."

"아, 그렇구나. 내가 그렇게까지 살갑진 못해서. 오늘부터 실천해 봐야지. 좀 간지럽긴 하지만."

"다들 너무 고마웠어. 그런데 고맙다는 말도 못 하고……."

정말 끝이라 생각하니 울음 뭉텅이가 밀려 올라왔다. 마지막 인사를 하려고 했지만 꺽꺽대다 숨이 막혀 전화를 끊고 말았다. 정민이에게 미안하고 라희가 불쌍해서, 그리고 내 처지가 한심해서 계속 울었다. 밤새 어디서 그렇게 많은 수분이 새어 나오는지 이해가 안 갈 정도로 눈물이 나왔다.

한잠도 못 잤는데 새벽이 부윰하게 밝아 왔다. 거울을 보다가 퉁퉁 부은 눈두덩에다 빨갛게 물든 눈알 때문에 기겁할 듯 놀랐다. 너무 울어 실핏줄이 터졌는지 눈알이 불타는 듯했다. 도저히 이런 몰골로 학교에 갈 엄두가 나지 않았다. 할머니는 내 눈을 보고도 병원에 가자는 말 대신 반색을 했다.

"그 꼴로 학교 못 가겠네. 잘됐다. 일찍 나가 볼 일이 있는데. 옜다, 인공눈물인데 이거나 넣든지."

할머니는 선심 쓴다는 듯 작은 병을 나에게 밀었다. 아무 대꾸도 하지 않고 화장실에 들어갔다. 거울을 보니 마치 게임에 나오는 마녀 같은 몰골이었다. 정말 내가 마녀여서 할머니가 겁을 먹고 더 이상 나를 괴롭히지 않으면 좋으련만. 할머니는 부지런히 화장하고 9시도 안 되어 나가 버렸다.

"배고파. 밥 줘."

방에서 나오던 할아버지가 해미야, 라며 반가워했다. 정신이 반짝 돌아온 듯했다.

"눈이 왜 그렇게 빨개? 눈에 뭐 들어갔어? 어디 보자. 할아버지가 불어 줄게."

할아버지가 검지손가락 두 개로 내 눈을 벌려 후 하고 입김을 세게 불었다.

"어때 시원하지?"

할아버지가 정신이 돌아온 게 기쁘고 나를 걱정해 주어 고마웠다.

"할아버지, 배고프지. 내가 밥 맛있게 해 드리고, 커피믹스도 달달하게 타 줄게요."

"진짜? 아이 좋아. 우리 손녀가 최고야."

조미김에 흰쌀밥을 싸서 입에 넣어 주자 할아버지가 어린아이처럼 웃으며 잘 드셨다. 반찬이 없어 눈물이 울컥 나왔다. 커피믹스 두 개 넣고 진하게 탄 걸 좋아하는 할아버지가 "배부르고 기분 좋다. 해미야."라고 했다. 이대로 할아버지 기억력이 죽 유지되면 얼마나 좋을까.

"할아버지, 배부르지? 산책 나가자."

내가 돈 많은 어른이라면 할아버지와 함께 멀리 떠날 텐데. 겨우 아파트 정원 밖에 나갈 수 없는 처지가 서글펐다. 그럼에도 밖에 나간다고 하자 할아버지는 아이처럼 좋아했다. 다행히 눈알은 많이 가라앉은 상태였다.

엘리베이터에서 내려 할아버지와 걸어 나오는데 현관 유리문 밖에 올림머리가 삐죽삐죽 나온 원장님이 서 있었다. 놀라서 달려가니 자동문이 열렸다.

"우리딸, 딱 맞춰 나왔네. 비밀번호를 몰라 너한테 연락하려던 참인데."

주르르 흐르는 눈물을 황급히 닦았다.

"원장님이 왜 여기 계시는지……."

"어제 통화하면서 엄청 울었다며? 정민이 말이 네가 꺽꺽 넘어가면서 흐느끼는 게 라희 때문만은 아닌 것 같다며 발을 동동 구르더라. 내가 촉이 좋잖아. 이건 무슨 일이 생긴 거다, 그 생각이 들어 확인이고 뭐고 새벽에 차 끌고 올라왔지. 오면서 아까 9시 좀 넘어 너희 담임한테 전화해 봤더니 내 촉이 딱 맞았더라. 개학한 지 얼마 되지도 않아 조퇴를 몇 번씩이나 하고 오늘 결석까지 했다며 한숨 쉬시더라. 담임이 조퇴 못 시킨다고 했더니 할머니가 난리 치고 그랬다며?"

그때 할아버지가 내 손을 놓고 앞으로 걸어갔다.

"할아버지!"

내가 큰 소리로 부르며 달려가서 할아버지를 잡자 원장님이 달려왔다.

"아, 이거네. 할아버지 떠맡기고 집안일시키려 했던 거네. 맞지? 할머니 집에 계시니?"

"아뇨. 외출하셨어요."

"요양보호사 선생님은 안 오시니?"

"오후 1시에 오세요."

"그런데 벌써 나갔다고? 너 학교도 안 보내고?"

원장님의 숨소리가 가빠 왔다. 할아버지는 정원에서 환하게 웃으며 좋아하는데 원장님은 이를 앙다물고 연신 고개를 저었다.

집으로 돌아오자 원장님이 기가 막힌다는 표정으로 헛웃음만 지었다.

"집 안 꼬락서니가 이게 뭐야. 아파트만 근사하고 평수만 넓으면 다냐고. 집구석이 엉망인데."

그러더니 원장님은 방 청소에 주방 청소, 냉장고 청소까지 싹싹 해치웠다.

"냉장고에 먹을 게 하나도 없네. 시어 빠진 김치에 조미김은 왜 이렇게 많아. 한창 크는 애가 있는데 단백질이 하나도 없어. 달걀이라도 좀 사 놓을 것이지. 에구, 한심해라."

원장님이 베란다 청소를 하고 있을 때 요양보호사가 왔다. 원장님을 보더니 "어머, 해미 어머니세요?"라며 반색했다. 그러자 원장님이 "네, 해미가 제 딸입니다."라고 했다.

"아유, 잘됐네. 내가 정말 이 집에 오고 싶지 않은데 애가 불쌍해서 오잖아요. 애가 얼마나 고생이 심한지 눈 뜨고 못 보겠어요. 무슨 사정인지 모르지만 이제 들어와서 사세요. 애가 무슨 죄가 있어요."

"무슨 일 있었어요? 해미가 자세한 얘기를 안 해서 모르겠는데, 선생님이 얘기 좀 해 주세요."

"아이고, 그 긴 얘기를 어떻게 하나."

요양보호사는 방학 때 있었던 일부터 다 털어놓았다. 자신이 반찬을 해다 나른 적이 많다는 얘기도 빼놓지 않았다.

"어유 반찬을 다 해 오시고, 정말 고마워요. 그러니까 우리딸을 아예 하인으로 부리려고 불러올린 거네요. 서울에서 공부하면 좋겠다고 생각해서 보낸 건데, 이게 웬일이야. 아이고 우리 해미 불쌍해서 어쩐대. 엄마가 미련해서 미안하다."

요양보호사는 한참 얘기하다가 원장님이 내 친엄마가 아니라는 사실을 알고 눈물을 훔쳤다.

"남인데도 이렇게 사랑을 베푸는데 할머니는 자기 친손녀한테 왜 그러는지 모르겠네요. 내가 해미 볼 때마다 짠해서 마음이 찢어져요. 저도 이만한 딸이 있어서 남 일 같지가 않아요. 원장님이 이렇게 애를 생각해 주시니 고맙네요. 얘는 여기 있으면 학교 제대로 못 다녀요."

"데리고 가야죠. 이렇게 좋은 집이 있는데 이 집을 활용해야지, 뭐 하는 건지 모르겠네요. 우리 해미가 간병인도 아니고, 내가 천불이 나서 원."

아줌마는 꼭 해미를 데려가라고 단단히 당부하면서 나에게 파이팅을 외쳐 주었다.

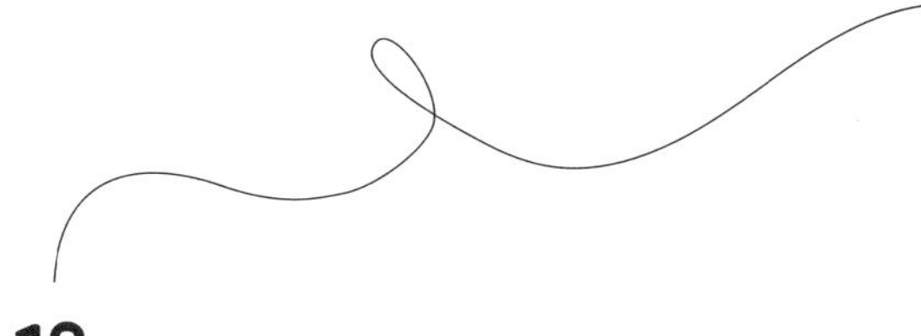

18

원장님이 몇 번이나 전화해 겨우 할머니와 연락이 닿았다.

"당장 집으로 오세요. 지금 뭐 하시는 겁니까. 애 학교도 안 보내고 부려 먹기나 하고. 저하고 약속한 거 하나도 안 지켰잖아요. 지금 당장 오세요. 안 그러면 해미 데리고 바로 갈 겁니다."

할머니와의 통화를 마친 후에도 원장님은 부지런히 집 청소를 했다. 그동안 내가 한다고 했지만 원장님 손이 닿으니 집이 반짝반짝 빛났다. 마트에서 식재료를 사 와 멸치볶음, 시금치무침, 돼지고기장조림, 진미채 볶음, 김치찌개, 아욱국까지 줄줄이 만들었다.

"고마워요. 새벽부터 오시느라 힘드셨을 텐데."

"엄마가 뭐라 그랬지? 가족끼리는 고맙다는 말 안 하는 거라고 했잖아."

"미안해요. 이제 가족이 아닌데도 이렇게 해 주셔서."

"해병대 출신 아빠가 한 번 해병은 영원한 해병이라고 늘 외치잖아. 한 번 가족도 영원한 가족인 거야."

아무리 가족이어도 "고마워요, 미안해요."를 천 번은 외쳐야 할 것 같았다. 그동안 뻥 뚫려서 허전했던 가슴이 메워지는 것 같았다. 정민이가 너무도 고마웠다. 이상한 낌새를 채고 원장님에게 말해 준 정민이는 호루라기에 이어 이번 일까지, 두 번이나 나를 구해 주었다. 언젠가 내가 은혜를 갚을 날이 꼭 오길 기대했다.

할아버지와 원장님과 셋이 오랜만에 맛있는 밥을 먹었다.

"아이고 맛있다. 우리 해미가 원장님이 최고라고 하더니 음식 솜씨도 최고네."

할아버지는 원장님이 만든 김치찌개로 밥을 두 공기나 비웠다. 할아버지가 맛있게 먹는 모습을 보니 눈물이 핑 돌았다.

6시가 다 되어 들어온 할머니 뒤에 경찰 두 명이 서 있었다. 무슨 일인지 어리둥절하고 있을 때 할머니가 소리쳤다.

"저 여자 잡아가세요. 주거침입에다 손녀를 새남으로 데려간다고 나한테 협박까지 했어요."

경찰이 "나오세요. 서까지 좀 갑시다."라고 했을 때 내가 소리 질렀다.

"주거침입 아니에요. 제가 들어오시라고 했어요."

"시끄러워. 미성년자인 니가 뭘 알아. 저 여자 빨리 데려가세요. 어제도 한잠도 못 자고 눈이 벌개서 오늘 학교도 못 갔는데 저 여자까지 와서 애가 영 불안하네요. 집에 치매 환자도 있는데 저런 여자까지 침입하니 무서워서 못 살겠네. 빨리 좀 끌고 가요. 빨리."

그때 할아버지가 방에서 나오다가 경찰을 보고 놀라서 소리 질렀다.

"나 잘못 없어요. 우리 아들 잘못 없어요."

할아버지가 갑자기 벌벌 떨기 시작했다.

"저것 보라니까. 저러다 우리 남편 쓰러지면 어떡해. 아이구, 나 몰라. 아이구, 이게 무슨 난리야."

갑자기 할머니가 바닥에 주저앉아 우는 시늉을 하자 경찰이 원장님에게 빨리 나오라고 재촉했다. 안 된다고 소리치는데 울음이 터져 나왔다.

"해미야, 진정해. 엄마가 잘못한 게 없는데 뭐가 걱정이야."

원장님이 내 등을 두드리고는 경찰을 따라나섰다. 내가 나가려고 하자 할머니가 소리 질렀다.

"어디 가. 이 할미 죽는 꼴 보고 싶니?"

할머니의 고함에 아랑곳없이 나가려는데 이번에는 할아버지가 소리쳤다.

"해미야, 가지 마."

그 소리에 내 몸이 그 자리에서 굳고 말았다. 경찰이 원장님과 함께 떠나자 할머니가 언제 울었냐는 듯 툭툭 털고 일어났다.

"니가 저 여자한테 전화했냐? 아주 교활한 년일세. 그런다고 니가 다시 촌구석에 갈 수 있을 줄 알아? 지 에미한테 어떻게 배웠길래 지 맘대로야."

순식간에 변하고 아무 맥락 없이 이리저리 연결하는 할머니 말투에 질려 대꾸도 나오지 않았다. 검색해 보니 주거침입죄는 꽤 중한 범죄였다. 분명히 나와 함께 들어왔지만 내가 미성년자에 할아버지가 치매 환자여서 할머니 말대로 처벌될지도 모를 일이었다. 원장님은 나를 우리딸이라고 부르지만 법적으로 우린 아무 연관도 없는 사이다. 아무래도 원장님이 유치장에 구금될 것 같아 마음이 초조했다. 방에 가서 112로 전화해 자초지종을 얘기하고 원장님의 행방을 물으니 알려 주었다. 우리 집에서 두 정거장 떨어진 경찰서에 있다고 했다. 화가 머리끝까지 나서 방문을 박차고 나가 보니 할머니는 원장님이 만든 반찬을 꺼내 밥을 먹고 있었다.

"여편네가 반찬은 맛있게 하네. 해미가 걱정되면 반찬이나 자주 만들어서 보낼 일이지 어딜 꼬셔서 데려가려구. 시골 구석에서 무슨 짓을 시킬 줄 알고. 안 그러냐 해미야? 전에 TV 보니까 사람을 새우잡이 배에다 막 팔아넘기더라. 여자는 마늘 까기 시킨다더라. 무서운 세상이야. 너는 이렇게 좋은 아파트에 사는데 뭐가 부족해서 촌구석에 가겠다는 거야. 그 여자는 오늘 왜 쳐들어왔다니? 니가 전화했냐? 나쁜 년. 할미 욕보이는 게 그렇게 좋냐?"

이말 저말 왔다 갔다 하면서 볼이 미어터지게 밥을 먹는 할머니를 보자 요양보호사가 했던 말이 생각났다.

"너희 할머니는 진짜 자기밖에 모르는 징글징글한 이기주의자야. 앞으로도 체면치레하면서 자기 하고 싶은 거 다 하겠지. 남 생각, 남 걱정은 조금도 안 하는 사람이야. 그나저나 할아버지 병은 더 깊어질 테고, 그 치다꺼리를 너한테 다 떠넘길 텐데, 어린 네가 무슨 고생이냐 진짜. 에휴."

갑자기 정신이 확 들었다. 원장님이 어떻게 되든 아무 상관 없는 할머니의 말을 고분고분 듣고 있을 때가 아니었다. 내가 현관에서 신을 신자 할머니가 꽥 소리 질렀다.

"어디 가, 이년아. 우릴 내팽개치고 가겠다 이거야? 나쁜 년."

"할머니가 할아버지 돌보면 되잖아요. 경찰 데려온 거, 할머니가 정말 큰 실수 한 거예요."

내가 문을 열 때 할머니가 "뭐가 실순데, 주거침입 맞잖아. 이년아."라고 소리 질렀다. 할아버지가 걱정되긴 했지만 할머니가 밤에 다시 외출할 것 같진 않아 엘리베이터에 올랐다.

원장님은 유치장 안에서 태평하게 졸고 있었다. 새벽부터 운전하고 온 데다 하루 종일 청소하고 반찬 만드느라 힘들었을 것이다. 원장님 배짱이면 잘못한 게 없으니 잠이나 자자, 했을 테지. 어쩐지 힘이 나는 것 같았다. 경찰에게 앞으로의 진행 과정을 묻자 일단 오늘 밤은 유치장에서 지내고 내일 아침에도 할머니와 원장님이 합의를 못 보면 자칫 오래갈 것 같다고 했다.

"오래간다는 게 뭐예요?"

"너희 할머니가 고소한다고 했거든. 주거침입죄에다 밤마다 너를 꼬시는 전화까지 했다면서. 할머니가 내일 나오시면 대질신문을 해야지."

"전학 문제로 딱 한 번 전화하셨어요. 저분은 천사의집 원장님인데 정말 좋은 분이에요. 저 도우러 오셨다가 할머니가 오해해서 그런 거예요."

"그 얘기는 아까 저분한테 들었는데, 네가 그룹홈에서 이미 퇴소했다는 거 다 확인했다. 어쨌든 저분이 마음대로 할머니 집에 들어간 건 잘못이거든. 그리고 보호자가 있는데 저분이 미성년자인 너와 왜 계속 연락하는지, 그것도 이상하고."

"계속 아니고 한 번이라니까요. 아, 답답해."

할머니의 만행을 다 말하려니 차마 입이 떨어지지 않았다. 게다가 그것도 할머니가 부인하면 아무 소용없는 일이었다. 원장님은 그런 분이 아니라고 하자 옆에 있던 경찰이 "요즘 가스라이팅당하는 애들 많아. 얘도 키만 컸지 이제 중학교 2학년이니 뭘 알겠어. 중2하고 연락하고 그런 거면 미성년자 약취유인 쪽도 걸리겠는데."라고 했다. 미성년자 약취유인은 또 뭐지? 어쨌든 죄명이 추가되면 좋을 게 없을 것 같아 더럭 겁이 났다.

"아니, 그게 아니에요. 그리고 어제는 원장님이 아니라 친구가 전화했어요."

왜 아닌지 설명하려고 해도 어디부터 시작해야 할지 헷갈리는 데다 가슴이 불규칙하게 뛰어 말이 잘 나오지 않았다.

"너는 아니라고 생각하겠지만 간단한 문제가 아냐. 어른들끼리 해결해야 돼. 그러니 집에 가서 내일 학교 갈 준비나 해. 오늘 저분은 풀려나지 못한다."

쇠창살 안에 있는 원장님을 보는데 가슴이 무너질 것 같았다. 도무지 내 말솜씨로는 경찰을 설득할 자신이 없었다. 원장님이 나에게 괜찮다고 손사래를 쳤다. 내가 유치장으로 다가가서 "정말 미안해요."라고 하자 원장님이 "이럴 때는 가족이어도 좀 미안하다고 해야 할 것 같다 그치?"라고 했다. 그러더니 나한테 당부했다.

"내가 아빠하고 미정 언니한테 너희 집에서 하루 자고 간다고 했어. 그러니까 혹시 정민이가 전화하면 그렇게 말해. 괜히 잘못 말해 들키지 말고. 어제 엄청 운 건 잘한 거지만."

그러면서 킥킥 웃었다.

"걱정 마. 이것도 좋은 경험이지 뭐. 언제 엄마가 유치장에 들어와 보겠어. 너희 할머니가 여러 트릭을 쓰시던데 거짓말로 우겨봐야 오래 못 가. 엄마하고 우리 해미가 잘못한 게 없잖아. 그럼 된 거야. 그러니까 해미는 내일 아침에 엄마가 해 놓은 반찬으로 밥 먹고 학교 가. 그럼 오후에 다 해결되어 있을 테니까."

경찰 아저씨도 내가 여기 있어 봐야 소용없다며 돌아가라고 했다. 떨어지지 않는 발걸음으로 집에 도착하니 할머니가 소파에서 자고 있다가 부스스 일어났다. 식탁이 엉망진창이었다. 반찬 통마다 그대로 다 열려 있고, 그릇과 수저도 함부로 뒹굴고 있었다. 내가 반찬 통을 닫아 냉장고에 넣자 할머니가 그랬다.

"경찰서에 갔다 왔니? 그 여자가 내일쯤 풀려날 거라고 그러디? 택도 없어. 내가 변호사한테 다 알아봤어. 아무 상관도 없는 여자가 너 끌고 가려고 집에 무단침입한 죄, 그거 쉽게 못 넘어간다고 하더라. 절대 안 풀어 줘. 풀어 주면 너 끌고 갈 텐데 내가 그 짓을 왜 해."

할머니가 카아악, 하고 크게 웃었다. 그 순간 할머니는 절대 물러설 마음이 없다는 걸 깨달았다. 할머니는 즐기고 있었다. 게다가 다른 사람을 괴롭혀 즐거움을 늘려 가는 중이었다.

19

어제 한잠도 못 자고 꼬박 지샜는데도 잠이 오지 않았다. 속이 부글부글 끓어올라 침대에 누워 있기도 힘들었다. 어떻게 해야 이 문제를 풀 수 있을까. 새남에 전화해 대표님한테 말해 볼까 생각해 봤지만, 새남에서는 대표님이 토박이여서 통할지 몰라도 서울에서는 안 될 것 같았다. 원장님이 전화하지 말라고 한 당부가 떠올라 쉽사리 연락할 수도 없었다.

할머니가 내일 또 어떤 난리를 칠지 겁이 났다. 검색을 해 보니 경찰이 말한 대로 원장님이 불리한 상황이었다. 나를 사랑하고 아껴서 관심을 기울인 건데 주거침입에다, 미성년자 약취유인죄에도 걸릴 수도 있다니 이해가 되지 않았다. 할머니가 워낙 교활해서 어떤 말을 만들어 낼지 두렵기도 했다. 게다가 할머니는 가짜 울음 연기까지 능숙하게 해낸다.

내가 새남에 가지 않겠다고 하면 끝날 것 같았다. 하지만 내가 제대로 학교에 다닐 수 없는 상황을 알게 된 원장님이 조용히 넘어갈 리 없었다. 그랬다가는 유치장이 아니라 진짜 감옥에 가게 될지도 모를 일이다. 원장님이 감옥에 가면 천사의집 가족들은 어떻게 될까. 백미정 선생님 혼자 아이들 밥 해 먹이고 학교 보내는 건 불가능하다. 유리가 난리라도 치면 꼼짝 못 할 텐데, 그럼 고은영과 정민이가 밥을 해야겠지. 엄마 엄마 노래를 부르는 한나와 지혜는 매일 눈물 바람을 할 것이다. 천사의집이 순식간에 엉망이 될 게 분명해 미안하고 화가 났다.

방 안을 빙빙 돌며 이 일을 어떻게 해결해야 하나, 생각하는데 결론은 딱 하나였다. 나의 보호자 아빠가 와서 정리해야 한다. 더 이상 알코올중독이라는 커튼 뒤에 숨어서 책임을 회피하면 안 된다. 그간 치료소를 들락날락했다곤 하지만 그래도 처음보다 나아지지 않았을까. 술을 마시면 인사불성이지만 술을 먹지 않을 땐 똑똑한 아빠니까 문제를 해결할 수 있을 것이다. 전화를 걸어 보니 신호는 가지만 받지 않았다. 문자를 연달아 보내면 궁금해서라도 볼 거라는 생각이 들었다.

아빠, 외할머니가 요양원에 가신 뒤 제가 새남 천사의집에서 살았는데 거기 원장님이 유치장에 갇혔어요. 원장님이 우리 집에 왔는데 할머니가 주거침입했다고 경찰을 데려왔어요.

방학 때 잠깐 있으라더니 할머니가 나를 서울로 전학시켰어요. 할아버지가 치매라는 건 아시나요? 할머니가 마음껏 외출하기 위해 나를 계속 조퇴시켜서 저는 학교도 제대로 못 다녀요.

천사의집 원장님은 정말 저를 잘 대해 주셨고 이번에도 제가 걱정되어 집에 오셔서 청소에 반찬까지 다 만들어 주셨는데, 할머니가 주거침입이라며 다짜고짜 경찰에 넘긴 거예요. 할머니는 내가 원장님 따라 새남으로 갈까 봐 그러는 거예요.

원장님은 저한테 정말 큰 사랑을 베풀어 주셨는데 저 때문에 유치장에 갇혀서 너무 미안해요. 할머니한테 정말 화가 나요.

할머니는 원장님을 감옥에 넣어 버릴 거라고 했어요. 할머니는 마구 우기고 불리하면 주저앉아 울고, 말이 안 통해요. 나이 많은 사람이 울기까지 하니 경찰도 그냥 믿어 버리는 것 같아요. 죄 없는 원장님이 감옥에 가면 저는 너무 죄송해서 살 수 없을 거예요.

엄마가 어디 있는지도 모르는 답답한 상황에서 겨우 제 마음을 잡아 준 분이 원장님이에요. 그런데 지금 유치장에 갇혀 있으니 너무 미안해요. 지금 이 사태를 해결할 사람은 아빠밖에 없어요. 아빠가 저의 보호자잖아요. 학교도 그만두고 할아버지 시중들라면 그렇게 할게요. 원장님만 풀어 주세요. 원장님이 감옥에 가면 내가 어떻게 될지 나도 모르겠어요.

비슷한 말이 반복되었지만 계속 문자를 보냈다. 띠링띠링 울리면 아빠도 안 보고는 못 배길 것이다. 아빠가 나타나지 않는다면 내가 어떻게 될지 알 수 없다는 걸 협박처럼 되풀이해서 썼다. 그러다가 원장님이 있는 경찰서 이름을 알리지 않은 게 생각났다.

천사의집 원장님은 지금 은향경찰서 유치장에 있어요. 예전에 아빠는 최고의 아빠였잖아요. 나를 위해 뭐든 해 줬잖아요. 지금 정말 아빠가 필요해요.

아빠 살려 줘요. 원장님 풀어 줘요. 원장님이 감옥에 간다면 내가 더 이상 살 이유가 없을 것 같아요.

아빠는 내가 사라져도 좋아요? 아빠, 제발 살려 주세요.

쉴 새 없이 문자를 보냈다. 하지만 문자 옆의 1이 사라지지 않았다. 핸드폰을 붙잡고 제발 아빠가 문자를 보게 해 달라고 기도하는데 눈물이 줄줄 흘러내렸다.

아빠가 끝내 연락하지 않고, 할머니가 패악질로 기어코 원장님을 감옥에 넣고, 내가 할머니의 종이 되어 학교는커녕 집안일만 하게 된다면, 아빠한테 통보한 대로 나는 더 이상 살 이유가 없다.

하염없이 눈물이 흘러내렸다. 방 안을 둘러보니 정리할 물건도 몇 개 없었다. 그게 슬퍼서 더 눈물이 나왔다. 마음에 구름이 겹

겹이 끼더니 급기야 깜깜해졌다.

아무런 희망이 없는 상황이네요.

마지막이라고 생각하며 문자를 보내고 나니 쓴웃음만 나왔다. 아무런 희망이 없는 상황을 이미 여러 차례 지나왔다는 사실 때문이었다. 아빠가 일방적으로 엄마를 때릴 때, 엄마가 사라졌을 때, 새남으로 쫓겨났을 때, 외할머니가 요양원에 갔을 때, 천사의 집에 도착했을 때, 희망이라곤 한 조각도 없다고 생각했다. 쓴웃음을 뚫고 비장한 마음이 올라왔다. 점점 더 심한 상황으로 옮겨가면서 이제 끝이라고 생각했지만 끝이 아니었던 게 새삼 떠올랐기 때문이다.

끝이라고 생각했던 순간들을 어떻게 견뎌 왔을까. 생각해 보니 견딘 게 아니라 그냥 흘러온 것뿐이었다. 흔들리고 부서지면서 더 아픈 곳, 더 힘든 곳으로 옮겨 갔다. 이번 상황은 이전과 다르다. 그 생각이 나를 붙잡았다. 더 힘든 곳으로 가서 소나기를 고스란히 맞고 있으면 분노와 체념이 뒤섞이다가 옷이 마르곤 했다. 하지만 이번은 다르다. 내가 아닌 다른 사람에게 불똥이 튀었기 때문이다.

우리 가족이 원장님을 궁지로 몰아넣는 건 반드시 막아야 할 일이다. 할머니가 엄마에게 패악질을 할 때 어린 나는 놀란 표정으로 바라보다가 울기만 했다. 이번에는 달라야 한다. 할머니에게 엄마에 이어 나까지 당한 일은 어쩔 수 없다 하더라도 원장님은 안 된다. 주먹을 꽉 쥐고 이를 악물었다.

경찰 앞에서 말을 제대로 못 했던 일이 떠올랐다. 할머니는 우기다가 막히면 가짜 울음으로 상황을 자신에게 유리하게 만든다. 할머니의 요상한 언변에다 눈물 기교, 여차하면 바닥에서 뒹굴며 악을 쓰는 건 어떻게 해도 넘을 수 없는 벽이다. 할머니를 이기려면, 내 의견을 제대로 밝히려면, 일목요연한 정리가 필요했다. 원장님을 위해 정확히 변호해야겠다는 각오가 일었다.

내가 왜 천사의집에 가게 됐는지, 원장님이 나한테 얼마나 잘해 줬는지, 할머니 집에 어떻게 오게 되었고, 와서 어떤 일이 있었는지, 원장님이 준 체크카드로 방학을 보내게 된 일, 원장님이 우리 집에 오게 된 계기, 이 모든 것을 차례대로 기술했다. 원장님을 제대로 변호하기 위해 아빠와 엄마가 왜 따로 지내는지, 할아버지는 어떤 상태인지, 할머니가 집 안을 어떻게 방치하고 있으며, 내 학교생활을 어떻게 방해했는지, 번호를 매겨 가며 정리했다. 스토리텔링을 짜듯 말의 순서를 잡고 나니 제대로 말할 자신이 생겼다.

할머니의 체면과 위신보다 원장님이 풀려나는 게 우선이었다. 사실을 하나하나 적는데 슬픔이 아니라 각오가 밀려왔다. 내 의견을 흔들림 없이, 일목요연하게 전달해 원장님의 결백을 밝혀내리라 다짐했다.

여전히 아빠는 문자를 안 본 상태였다. 더 이상 실망스럽거나 슬프지 않았다. 이미 예전에 가족 보호를 포기한 사람에게 새삼 도움을 기대한 내가 어리석을 뿐. 내 힘으로 꼭 원장님을 구해 내리라 결심했다. 몇 번이고 문장을 정리하면서 빠진 내용을 채워 넣고 나니 자신감이 생겼다. 원장님의 변호문을 완벽히 작성하자 새벽 5시였다. 그제야 잠이 몰려왔다.

20

잠깐 엎드려 있었는데 눈을 떠 보니 오전 8시가 넘은 시각이었다. 퍼뜩 일어나 집 안을 살펴봤다. 할머니가 경찰서에 가고 나면 바로 따라나서야 하니 마음이 조급했다. 할머니는 화장대 앞에 앉아 얼굴에 분칠을 하느라 열심이었다. 문신을 해서 안 그래도 진한 눈썹을 더 진하게 칠하고 속눈썹 아이라인의 끝을 위로 바짝 올려 사나운 눈이 더 무섭게 보였다. 새빨간 립스틱을 바르고 나서 드라이기로 머리를 부풀린 뒤 머리카락 사이사이 스프레이를 뿌려 붕 띄웠다. 내가 뒤에서 보고 있어도 학교 가라는 말 한마디 없었다. 경찰서 가려고 꾸미는 걸 봤으니 할아버지나 돌보고 있으라는 뜻이었다.

나는 어제 원장님이 만들어 놓은 반찬을 꺼내 할아버지 아침상을 차렸다. 할아버지는 정신이 맑은지 나에게 고맙다고 했다.

"할아버지, 가족끼리는 고맙다는 말 안 하는 거야."

내 말에 할아버지가 "그래? 알았어."라며 웃었다. 할아버지만 나의 유일한 가족이다.

트로트 행사 무대에 서는 가수라도 되는 양 새빨간 옷까지 차려입은 할머니가 하이힐을 신다가 안 되겠는지 단화로 갈아 신고 나한테 명령했다.

"내가 그 여자 오늘 깜빵으로 보내고 올 테니까 너는 할아버지 밖에 못 나가게 잘 지키고 있어."

그렇게 말하고 문을 열려던 할머니는 아무 대꾸도 하지 않는 내가 이상한지 고개를 갸웃거렸다. 할머니가 나가자마자 할아버지에게 외출복을 입히고 함께 아파트를 나섰다. 할아버지를 창피해하는 할머니가 잠시 후 어떤 표정을 지을지, 얼마나 뜨거운 불벼락을 내릴지 두려웠지만 더 이상 물러서지 않으리라 결심했다.

"할아버지, 오늘 정신 줄 단단히 잡고 있어. 어제 집에 와서 청소하고 반찬 잔뜩 해 주신 분 있지?"

"응, 원장님."

"그 원장님 정말 좋은 분이야. 내가 정말 좋아하는 분이야."

"우리 해미가 좋아하면 좋은 분이지."

"무조건 그 원장님 편들어야 돼."

"알았어."

아파트 단지 밖으로 나서자 할아버지 얼굴에 생기가 돌고 눈이 반짝였다. 할아버지는 버스에 올라 휙휙 지나가는 거리 풍경을 신기한 듯 바라보았다. 늘 지나다녔던 길을 오랜만에 다시 보는 할아버지가 안쓰러웠다. 아빠는 나뿐만 아니라 아픈 할아버지의 보호자 역할도 해야 하는데 왜 중독에서 헤어나지 못하는 걸까. 너무도 한심했다. 혹시나 해서 핸드폰을 열어 보니 놀랍게도 아빠가 문자를 읽었을 뿐만 아니라 답장까지 보낸 상황이었다. 딱 한 줄이었다.

미안하다.

무책임한 답변에 맥이 탁 풀렸다. 미안하다, 나는 아무것도 못해 준다, 그러니 날아오는 화살을 너 혼자 다 맞아라, 그 얘기였다. 아빠는 외할머니 집 앞에서도 나에게 미안하다, 딱 한 마디 했다. 절체절명의 위기에 처한 딸에게 미안하다고 말하는 건 유기나 다름없다. 이미 한 번 유기당한 적이 있으니, 더 실망할 일도 없었다.

그제야 원장님이 "가족끼리는 미안하다, 고맙다, 안 하는 거다."라고 한 말의 뜻을 이해했다. 그런 말 나오기 전에 다 해결하는 게 가족의 본분이니까. 아빠가 자녀를 위해 아낌없이 베풀고 보호하는 건 너무도 당연하니까. 엄마는 미안해할 겨를도 없이 다 해 주는 사람이니까. 그런데 아빠는 미안하다는 한마디로 자신의 의무를 저버린 채 웅크려 있는 사람에 불과하다. 화도 나지 않았다. 가족이 아니니까. 내 보호자가 아니니까. 내 보호자는 나 자신. 그 사실을 마음 깊이 새기며 원장님을 위해 할 일에 집중하자고 마음을 다잡았다.

나는 버스에서 내려 할아버지 손을 잡고 정류장 바로 앞에 있는 은향경찰서로 들어갔다. 이리저리 둘러볼 필요도 없이 넓은 사무실 안쪽에 나란히 앉아 있는 할머니와 원장님을 발견했다. 부스스한 원장님의 머리와 '후카시'가 잘 들었다며 만족해하던 할머니의 뒷머리가 대조적이었다. 카랑카랑한 할머니의 목소리가 멀리서도 들렸다. 할아버지는 경찰서 분위기에 압도되었는지 내 손을 더욱 꽉 쥐었다. 내가 검지손가락을 입에 대자 할아버지가 알았다며 고개를 끄덕였다. 오늘따라 나를 도와주는 할아버지가 고마웠다.

"다 필요 없고, 이 여자 깜빵으로 보내요. 풀어 주면 앞으로 또 어떤 짓을 할지 몰라. 하나밖에 없는 손녀를 어디다 팔아넘기려는지. 무서운 세상이야."

할머니 옆에서 원장님은 한숨만 내쉬었다. 할머니의 말도 안 되는 얘기를 이쯤에서 끊고 내가 원장님을 구해 내야 했다.

"저는 할머니가 무서워요."

내 말에 할머니와 원장님이 뒤돌아봤다.

"집에 불났다고 거짓말해서 저를 조퇴시켜 할아버지 떠넘기는 할머니가 무섭다구요. 원장님은 피도 안 섞인 아이들을 꼭두새벽부터 밥해 먹여서 학교 보내는 분이에요. 점심 약속 때문에 손녀 공부 못 하게 하는 할머니와 차원이 다른 분이라구요."

할아버지를 보고 당황한 할머니의 얼굴이 붉으락푸르락했다.

"학생 조용히 해. 두 분 진술 더 들어야 하니까."

경찰의 말에 내가 목소리를 더 높였다.

"아마 종일 들어도 할머니 말은 이해가 안 될 거예요."

누군가가 저지하는데 나서는 건 처음이었다. 우리 집안 형편과 새남에서의 생활, 어제 있었던 상황을 준비한 순서대로 설명한 뒤 항의하듯 말했다.

"제가 학교 잘 다니는 줄 알고 계셨던 원장님이 안타까운 마음에 오셔서 도와주려고 한 거지, 주거침입 아니에요. 제가 모시고 집으로 들어갔고, 우리 집 청소해 주고 반찬까지 만들어 주셨어요. 할아버지하고 오랜만에 맛있게 먹었는데 그게 왜 죄가 되는 거죠?"

나 스스로 놀랄 만큼 또박또박 의견을 피력했다. 밤새 정리하고 연습한 결과였다. 그때 할아버지가 나섰다.

"해미 말이 맞아. 원장님이 반찬 많이 만들어 줘서 맛있게 먹었어. 우리 마누라는 맨날 맨밥하고 김만 줘."

"이 영감탱이가 누구 편을 들어!"

할머니가 소리 지르자 경찰이 "조용히 하세요."라고 했다. 그때 원장님이 차분한 목소리로 말했다.

"한창 공부해야 할 아이를 가사도우미로, 간병인으로 부려 먹기 위해 마음대로 조퇴시키고, 먹을 거라곤 시어 빠진 김치에 조미김밖에 없었어요. 오죽했으면 요양보호사가 매일 반찬을 해다 나르겠어요. 우리딸이 의대 가겠다고 해서 서울에서 공부하는 게 낫겠다 생각해 할머니 말만 믿고 보냈는데, 너무 마음이 아파요. 우리딸이 제대로 공부할 수 있다면 제가 깜빵에 들어가도 좋아요. 그런데 할머니가 애를 공부시킬 마음이 없어요."

"저 봐 저 봐. 지금도 우리딸이라고 하잖아. 애를 홀려서 뭘 하려고 그러는지, 무서워."

할 말 없는 할머니는 원장님의 말꼬리만 잡고 늘어졌다.

"자자, 할아버지와 손녀 분은 주거침입이 아니라고 하고 원장님도 신원이 확실한 분인데, 할머니가 주거침입이라고 강하게 주장하시니 얘기가 계속 원점으로 돌아가네요. 두 분이 합의하시면 끝나는데 할머니, 어떻게 하시겠어요."

경찰의 말에 할머니가 갑자기 소리 질렀다.

"여기서 이 여자 죄를 확실히 묻지 않으면 자기가 아무 잘못 없다고 생각해서 계속 애한테 바람 넣을 거고, 그러면 우리 해미가 헛바람이 들어 어떻게 될지 몰라. 이 여자가 다시는 연락하지 않는다, 우리 주변에 얼씬도 하지 않는다, 각서 확실히 쓴다면 내가 생각해 볼까, 안 그러면 어림도 없지."

"안 돼요. 내가 적당히 각서 써 주고 가 버리면 해미는 아마 학교 못 다닐 겁니다. 아이를 할머니와 분리해야 합니다. 안 그러면 해미가 못 견딜 겁니다. 한창 감수성이 예민할 때인데 무슨 일이 생길지 몰라요."

원장님이 강경하게 말하자 잠깐 눈치를 보던 할머니가 갑자기 소리를 지르더니 바닥에 내려앉아 울기 시작했다.

"아이구, 무서운 세상일세. 우리 손녀를 꼬드겨서 무슨 짓을 하려고 저러는지 모르겠네. 경찰 선생님들, 저 무서운 여자 깜빵에 넣어 주세요. 무서워서 못 살겠어요."

옷을 차려입은 데다 머리가 무너질까 봐서인지 마구 뒹굴지는 않았다. 그래도 경찰이 할머니에게 넘어갈까 봐 조마조마했다. 여차하면 나도 바닥에 뒹굴어야겠다고 마음먹는데 갑자기 큰 목소리가 났다.

"일어나세요, 창피하지도 않으세요?"

모두 다 뒤를 돌아봤고, 그 순간 가장 놀란 사람은 바로 나였다. 아빠가 온 것이다. 아빠는 원장님에게 죄송하다고 인사한 후 경찰 아저씨와 얘기를 나누었다. 똑똑히 들린 건 "제가 해미 보호자입니다. 저와 해미가 괜찮으면 된 거 아닙니까. 그리고 그 집은 어머니가 아니라 아버지 명의로 되어 있어요."라는 말이었다.

아빠가 할아버지에게 "저분이 집에 침입했어요?"라고 묻자 할아버지가 "아냐, 같이 들어갔어. 해미가 좋은 분이라고 했어."라고 했다.

본격적으로 드러누우려던 할머니는 아빠가 인상을 쓰자 슬며시 조용해졌다. 원장님과 아빠, 경찰 아저씨가 한참 얘기를 나눌 때 할머니가 틈틈이 항의하려 했으나 그때마다 아빠가 저지했다.

아빠가 경찰 아저씨들에게 죄송하다고 몇 번이나 고개를 숙였다. 잔뜩 인상 쓰며 못마땅해하던 할머니도 별수 없이 함께 집으로 왔다. 때마침 요양보호사가 와서 할아버지를 모시고 밖으로 나갔다. 할머니와 아빠, 원장님과 나, 넷이 남은 거실에 무거운 침묵과 함께 팽팽한 긴장이 감돌았다.

21

원장님은 잠을 제대로 못 잔 데다 머리도 빗지 못해 초췌하기 이를 데 없었다. 아빠는 전보다 마른 모습이었다. 할머니는 빨간 립스틱이 번져 우스꽝스럽긴 해도 가장 깔끔한 모양새였다. 어쨌거나 세 사람이 한자리에 앉은 모습을 보니 가슴이 두근거렸다. 저 멀리 환한 빛이 비치면서 은은한 종소리가 나는 듯했다. 아직 결정된 건 없지만 나의 보호자인 아빠가 등장했다는 사실만으로도 든든했다.

“아까 원장님이 저한테 하신 말씀, 제가 그걸 어머니한테 이미 제안했는데 완강히 거부했어요. 하지만 이제 어쩔 수 없어요. 이 집이 아버지 명의이니 빨리 진행해야죠.”

아빠는 예전에 회사 다닐 때처럼 똑똑하게 말했다. 아빠와 원장님이 무슨 얘기를 나눴는지 궁금했다. 분명 좋은 얘기일 것 같은 기대가 일었다.

"택도 없다. 집을 팔면 나는 어디로 가. 다들 자식이 사 준 명품 들고 나와 자랑하느라 난린데 자식이라고 하나 있는 게 술만 처먹더니 이제 나를 거리로 내몰려고 하네."

할머니는 나오지도 않는 눈물을 찍어 내느라 인상을 쓰며 소리 질렀다.

"억지 그만 부리시고 아버지 치매 전문 요양원에 모셔요. 아버지 조금 더 심해지면 집에서 감당 못 해요."

"요양원 비용은 뭘로 대란 말이냐?"

할머니가 패악을 부리니 아빠가 갑자기 목소리를 높였다.

"그러니 왜 아버지 퇴직하실 때 온갖 거짓말로 꼬셔서 연금을 일시불로 받으셨어요? 그 돈 어떡했어요? 이상한데 투자해서 다 날려 버렸잖아요. 꼬박꼬박 연금 받았으면 얼마나 좋아요. 집만 컸지, 관리비 내기도 힘들 지경이잖아요."

"그러게. 니가 벌어서 보태 줬으면 됐잖아. 촌년하고 결혼하지 말고 내가 하라는 부잣집 딸하고 했으면 좀 좋아."

아빠는 한숨을 푸욱 내쉬더니 이마를 손으로 두드렸다.

"엄마가 선보라고 해서 만난 여자들이 하나같이 그러더라고요. 시어머니 자리 무서워서 결혼 못 하겠다고. 저는 엄마 같은 시어머니 밑에서 지낼 여자가 불쌍해서 결혼 안 할 생각이었어요. 그런데 엄마하고 딱 반대인 착한 해미 엄마 만나서 결혼했고 행복했는데 '그 꼬라지로 사냐. 하나밖에 없는 아들이 거지 같아서 창피하다.' 하며 볼 때마다 한탄하고, 집 살 때 아버지가 보태 준 돈 내놓으라고 맨날 들들 볶아서 주식이다, 코인이다, 손댔다가 폭망하고, 괴로워서 술 마시다 이 꼴 났잖아요. 해미 보기 부끄럽고 해미 엄마한테 미안해요."

그제야 아빠와 엄마가 싸우면서 했던 말들이 이해가 갔다. 우리 집이 이렇게 된 것도 결국 할머니하고 연관이 있다니 화가 나면서 힘이 풀렸다.

"니 아버지 돈이 내 돈이고, 내 돈이 니 아버지 돈이지. 대학까지 나와서 취직했으면 아버지가 보태 준 돈 갚는 게 당연한 거지. 그게 무슨 문제라고 지금 와서 탓을 해."

"네 네, 그래서 집 팔아서 갚았잖아요. 그런데 그 돈도 어디 이상한 데 투자해서 날려 먹고. 일이란 일은 어머니가 다 저질러 놓고 왜 해미까지 불러올려 하인 취급하는 거예요? 엄마 때문에 우리 집 박살 나고 그 피해를 해미가 고스란히 보고 있는데."

할머니가 갑자기 거실 바닥에 눕더니 "아이고, 내 팔자야. 다 내 잘못이라고 하면 속 편하냐? 이 나쁜 놈아!" 하고 소리치면서 눈물을 뽑아내려 애썼다. 이제 집에 왔으니 뭉개져도 상관없다는 듯 소파에 머리를 쿵쿵 박기도 했다.

"나도 이번에 완전히 치료해서 다시는 술을 입에 안 댈 테니까 엄마도 이제 허세 그만 부리고 분수에 맞게 사세요."

아빠는 이 집 팔아 작은 집을 구입하고, 차액으로 할아버지 요양원 비용을 댈 거라고 했다. 작은 집으로 옮긴 뒤 역모기지 제도를 활용하면 매달 할머니 생활비도 걱정 없다는 설명에 나는 역모기지를 검색해 봤다. '주택을 담보로 맡기고 평생 혹은 일정 기간 매달 노후 생활자금을 받는 금융상품'이라고 되어 있었다. 그제야 어제 원장님이 요양보호사에게 "이 좋은 집을 활용하지 않는다."고 한 말이 이해됐다.

할머니는 몇 번 패악질을 했지만 아빠가 찬찬히 설명하자 나중에는 가만히 들었다. 아빠가 마지막으로 선고하듯 말했다.

"해미는 원장님 따라 새남으로 가."

아빠가 일어나 원장님에게 고개를 깊숙이 숙이자 원장님도 맞절을 했다.

"원장님, 정말 죄송합니다. 변변찮은 부모 만나 고생만 한 딸을 잘 돌봐 주셔서 감사합니다. 해미가 줄줄이 문자를 보내왔는데 하나같이 원장님 걱정이더군요. 얼마나 잘 돌봐 주셨으면 아이가 이렇게 영글었을까, 뭉클하고 고마웠습니다. 한편으로는 한참 어린애였는데 풍파를 겪더니 몇 년 사이 애어른이 된 것 같아 마음 아팠습니다. 오늘 해미 데리고 가시면 내일 바로 이전 학교로 갈 수 있게 제가 조처를 하겠습니다."

아빠의 말에 할머니가 괜히 불쌍한 표정을 지으며 말했다.

"영감 요양원에 가면 나 혼자 살란 말이야? 해미하고 같이 지내면 좋겠는데. 학교도 내가 잘 보내 줄 텐데."

할머니 말에 소름이 쫙 돋았다. 내가 아빠를 바라보자 고개를 좌우로 흔들었다.

"해미를 일당 안 줘도 되는 가사도우미나 간병인으로 생각하는 일, 이제 그만하세요."

일순간에 모든 일이 정리되었다. 아빠를 나의 보호자가 아니라고 생각한 것, 가족이 아니라고 단정한 것이 미안했다. 아빠는 너무도 훌륭하게 나의 보호자 역할을 해냈다.

아빠는 나한테 짐을 싸라고 말했다. 놀이동산 갈 때 백팩에 넣어 온 것과 교과서, 원장님이 새남에서 보내 준 옷가지 몇 개가 고작이었다. 남겨 두고 갈 것은 은향중학교 교복뿐이었다. 다시는 입을 일이 없길 바라는 마음에서 나가다가 헌 옷 수거함에 던져 버릴 심산이다.

아빠가 주춤주춤 방으로 들어왔다.

"아빠가 와 줘서 고마워요."

역시 아빠와 나는 가족이 아닌 건가. 고맙다고 말해야 할 사이니까. 게다가 서먹해서 존댓말이 나왔다.

"아냐, 아빠가 정말 미안해. 아빠 이제 거의 치료 끝났어. 다시는 술을 입에 대지 않아야 완전히 치료가 끝나는 건데, 이번에 꼭 그렇게 할게. 원장님같이 좋은 분을 만나 정말 다행이고 고맙구나. 할머니가 절대 너를 괴롭히지 못하도록 내가 철저히 막을 테니 걱정 마."

나는 가만히 듣고만 있었다. 엄마 소식이 궁금했지만 괜히 얘기를 꺼내 아빠 마음을 아프게 하고 싶지 않았다. 나중에 내가 어른이 되었을 때, 내가 아빠를 도울 수 있을 때 만나면 좋겠다고 생각했다. 그때 엄마와 함께 있는 아빠를 만나고 싶다. 요양보호사가 아빠 얼굴이 거무튀튀하다고 했지만 생각보다 나쁘지 않은 모습이었다. 예전보다 좋지 않은 건 사실이지만, 아빠가 술을 끊고 건강을 되찾아 내가 의사가 되었을 때 치료할 일이 없길 그 순간 간절히 바랐다.

나갈 채비를 다 마쳤을 때 요양보호사가 할아버지와 함께 들어왔다. 내가 새남으로 간다고 하자 아줌마가 잘됐다며 내 손을 잡고 마구 흔들었다. 방학 동안 견딜 수 있게 해 준 아줌마가 고마워 고개 숙여 인사했다. 할머니는 건넌방에 들어갔는지 나와보지도 않았다. 잠시 망설이다가 할머니 방에 들어갔다. 할머니는 옷도 갈아입지 않은 채 침대 끝에 웅송그린 채 앉아 있었다.

"할머니, 할아버지하고 아빠 잘 돌봐 주세요. 그래도 할머니는 건강하시잖아요."

할머니가 아무 대꾸도 하지 않았다. 괜히 안쓰러운 마음이 들었다.

"할머니한테 대든 거 죄송해요. 잘 지내세요."

마지막 인사를 하고 문을 닫으려는데 할머니가 혼잣말처럼 읊조리는 소리가 들렸다.

"잘 지내기는 어떻게 잘 지내. 너도 없는데. 잘 가라 이년아."

독기가 다 빠진, 처음 들어 보는 부드러운 목소리였다. 이년아, 뒤에 다리몽댕이 부러뜨린다, 가 따라올 것처럼 정겹기까지 했다. 하지만 언제 또 표독스러워질지 몰라 빨리 문을 닫았다.

할아버지가 "우리 해미 용돈 줘야 되는데 돈이 어디 있더라." 하고 찾을 때 아빠가 주머니에서 돈을 꺼내 할아버지 손에 쥐여 주었다.

"해미야. 이거 까까 사 먹어라."

할아버지는 내가 초등학생 시절에 다니러 온 것으로 생각하는 듯했다. 눈물이 핑글 돌았다. 할아버지를 꼭 껴안고 "건강하세요. 오래오래 사세요."라고 말했다. 할아버지가 환하게 웃으며 배웅해 주어 마음이 한결 편했다. 뒤에 서 있는 아빠 눈에 눈물이 그렁그렁해 재빨리 고개를 돌렸다.

엘리베이터를 타고 1층에 내리자 문밖에 강요한 대표님이 기다리고 있었다. 원장님이 운전할 힘이 없다고 해 KTX로 왔다고 했다. 밤새 유치장에서 잠을 못 잔 게 분명한 원장님의 얼굴이 부석부석했다. 자동차 뒷자리에 오른 원장님 옆에 나도 자리 잡았다. 어릴 때 엄마가 그랬던 것처럼 원장님이 내 손을 잡아 주었다. 차가 출발하고 얼마 되지 않아 원장님이 가늘게 코를 골았다. 나도 어느 틈엔가 잠 속에 빠져들었다.

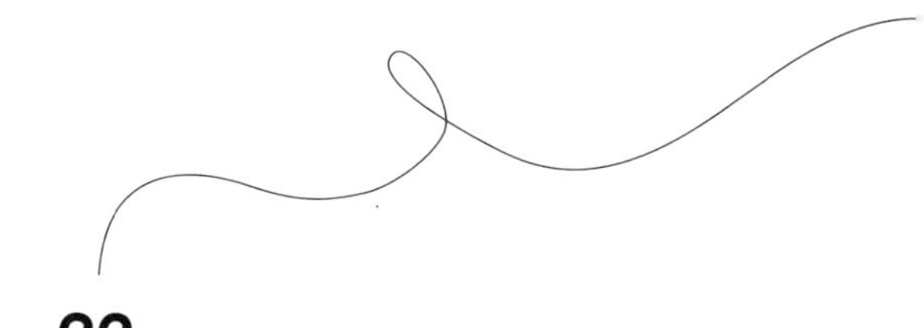

22

대표님이 백미정 선생님에게 전화해서 아이들 저녁 먹이고 잘 재우라고 당부하는 소리에 눈을 떴다. 어리둥절해서 내다보는데 간판들을 보니 새남에 도착한 것 같았다.

"해미 일어났니? 둘 다 어찌나 달게 자는지 휴게소에 한 번도 안 들르고 달렸네."

원장님도 기지개를 켜면서 일어났다. 힘들었을 지난 이틀을 생각하니 미안함이 몰려왔다.

"집까지 한 시간 더 가야 하는데 군청 옆에서 밥 먹고 가자. 해미야, 낙지가 기운 차리는 데 좋대. 낙지찜 어떠니? 삼계탕이 좋을까? 너무 어른 식단인가? 돈가스 먹을까? 아님 짜장면?"

원장님이 아니라 내 의견을 먼저 물어 어릴 때 아빠 엄마랑 외출할 때 생각이 났다.

"낙지찜이 좋을 거 같아, 아빠."

엉겁결에 아빠라고 말한 뒤 흡, 하고 입을 막았다. 사실 서울을 떠나면서 결심한 일이었다. 원장님께 은혜를 갚는 길은 내가 진짜 딸이 되는 것이다. 이제부터 아빠 엄마라고 부르는 건 물론 반말까지 하리라, 굳게 결심했고 속으로 연습하다가 잠들었던 터였다. 나도 모르게 아빠에다 반말까지 구사해 만족스러웠다.

"와, 해미가 아빠라고 하니까 피곤이 쫙 풀리는데."

"좋아하지 마. 해미가 이미 나를 엄마라고 했으니까."

원장님이 하품을 하면서 "그렇지 해미야?"라며 환하게 웃었다.

"뭐야. 이번에도 내가 선수를 뺏긴 거야?"

"그럼. 애들한테 내가 더 인기 있다니까."

"아닐걸. 인기투표해 볼까?"

두 사람이 티격태격하는 모습에 아빠 엄마가 "해미가 나를 더 좋아한다니까."라며 옥신각신하던 광경이 겹쳐졌다. 이제 더 이상 아빠 엄마 생각을 해도 눈물이 나지 않았다. 아빠는 이제 정말 슈퍼맨이 되었으니까. 이번에 나타나서 깔끔하게 모든 걸 정리해 주었다. 할아버지와 할머니, 그리고 나까지 모두 제자리를 찾게 해 주었다. 곧 아빠가 엄마까지 찾아낼 거라고 믿었다.

살짝 매운 낙지찜을 먹고 나자 원장님이 스타벅스에 가자고 했다.

"해미야. 스타벅스는 아무도 못 와 봤어. 너는 특별하니까 엄마가 데리고 가는 거야. 우리 스벅에 가는 거 시크릿이다."

"그럼 시크릿 데이트가 벌써 세 번이네. 고마워요 엄마."

원장님이 "아웃!"이라고 소리쳤다.

"존댓말에 고맙다고 한 거, 두 개 아웃!"

"알았어, 엄마."

엄마라는 호칭에 반말까지, 여전히 어색하지만 속 시원했다. 사실 원장님이 할머니 집을 청소하고 반찬을 만들 때 엄마가 아니면 할 수 없는 일이라고 확신했다. 할머니의 횡포에서 나를 구해 내려다 유치장까지 간 것도 절대 엄마가 아니면 해낼 수 없는 일이다. 온몸으로 엄마임을 증명해 준 원장님에게 내가 보답하는 길은 딸이 되는 것밖에 없다고 그 순간 결심했다.

두 분은 집에 가서 푹 자야 한다며 디카페인 아메리카노를 마셨고 나는 '퍼플 드링크 위드 망고 용과 스타벅스 리프레셔'라는 긴 이름의 음료를 마셨다. 살짝 달면서 망고도 씹히고 용과도 들어 있어 맛이 오묘했다.

"해미야, 좀 마셔 보자. 퍼플색이 되게 맛있게 생겼네."

원장님이 내 음료를 당겨서 죽 마셨다. 어릴 때 엄마가 늘 내 음료를 뺏어 마셔 그만 마시라고 옥신각신하던 때가 떠올랐다.

"맛이 오묘한데? 한 번 더 마셔 봐야겠다."

원장님이 내 음료를 당길 때 "안 돼, 엄마."라고 하자 "와, 이년이 엄마가 마시는 게 그렇게 아깝냐?"라고 해서 셋이 와하하 웃었다. 엄마라는 말과 반말이 자연스럽게 나와서 내가 더 놀랐다.

"서울에서 공부 별로 못 했지? 걱정 마. 아직 학기 초니까 금방 따라잡을 수 있어. 새남이 은근히 수준 높아. 새남고에 진학해서 전교 일등 찍으면 의대 바로 가는 거지."

원장님이 호기롭게 외치자 대표님이 워워, 라며 팔을 아래위로 흔들었다.

"아이고, 오자마자 애한테 스트레스를 주네. 그냥 애가 잘 크면 되지. 의대를 꼭 가야 하나."

"무슨 소리야. 공부가 맞는 애들은 공부 쪽으로 가야지. 해미 유전자 분석 끝냈어. 해미 아빠가 경찰하고 얘기할 때 어찌나 논리정연하던지. 아파트 팔아서 병원비와 역모기지로 한 달 생활비 받을 만한 평수 계산해 내고, 척척척이시더라구. 머리가 아주 좋은 분이야. 그걸 해미가 딱 이어받았어. 아직 우리 천사의집에서 의대 간 애가 없는데, 해미가 간다고 했으니까 팍팍 밀어줄게."

원장님이 두 손을 불끈 쥐자 대표님이 "너 괜히 의대 얘기해서 후회되지?"라고 했다.

"아니, 나 갈 건데."

내 말에 원장님이 "당연하지, 누구 딸인데."라며 좋아했다.

"누구나 태어날 때 하나님이 달란트를 선물로 주셨어. 자기가 잘하는 일, 그걸 해야 성과가 크겠지? 우리 해미는 공부 달란트를 받았어. 어릴 때부터 가장 쉬운 게 공부였잖아. 재능이 있어도 열정이 없으면 아무 소용없어. 재능과 열정이 합쳐지면 최강이 되는 거지."

초등학교 때 엄마가 해 준 말이 떠올랐다. 집이 풍비박산 나면서 열정이 다 사라진 줄 알았는데 갑자기 속에서 뭔가가 활활 타오르는 느낌이었다. 화가 날 때 올라오는 불과 분명 달랐다. 내가 잘하는 공부를 열심히 해서 대표님과 원장님, 그리고 나중에 만날 아빠와 엄마를 다 기쁘게 해 주고 싶었다. 처음으로 생긴 각오였다. 모든 게 제자리를 찾으니 내 마음도 알아서 착착착 정리되는 기분이다.

집으로 가는 길은 원장님이 운전하겠다고 나섰다. 대표님은 차가 출발하자마자 코를 골면서 잠들었다. 내내 혼자 운전하느라 얼마나 피곤했을까, 그 생각에 미안한 마음이 들었다.

불빛 화려한 도심을 빠져나가 깜깜한 들길을 지나 가끔 보이는 마을을 거쳐 등댓불이 반짝이는 해변도로를 달려 천사의집에 도착했다. 두 달도 안 되는 기간이었지만 무척 오랜만에 돌아오는 기분이었다. 모두 잠들었는지 깜깜했다. 내일 아침에 아이들을 만날 생각에 가슴이 두근거렸다. 라희가 가장 보고 싶고, 정민이와는 베스트프렌드가 될 거라는 예감이 들었다.

정민이에게 학교를 제대로 못 가면 어떤 기분인지 확실하게 설명해 줄 자신이 생겼다. 정민이가 이제 절대 가출하지 않겠다고 했지만 위험한 중2인 우리 마음이 언제 바뀔지 모를 일이다. 그러니 내가 할머니한테 구박받으며 학교 못 갔을 때의 고통을 상세하게 전하기로 했다. 겉만 번지르르한 우리 집 얘기도 제대로 해 줄 작정이다. 정민이가 친아빠와 인수 얘기 할 때 내 얘기를 하지 않은 게 늘 미안했기 때문이다. 이제 마음 한구석에 고민을 욱여넣고 속만 끓일 게 아니라 친구와 터놓고 얘기하면서 다 털어 버리고 싶다. 부끄러운 일이 아니니까. 나에게 잠깐 닥친 어려움일 뿐이니까.

대표님이 문을 열었을 때 폭죽이 터지면서 불이 환하게 켜졌다. 아무도 자지 않고 우리를 기다리고 있었던 것이다.

"언니, 언니!"

라희가 달려와서 내 품에서 흐느껴 울었다. 나도 참고 참았던 눈물을 쏟아 냈다.

"애들 또 드라마 찍네. 날이면 날마다 오는 게 아니니 실컷 보자."

정민이 말에 다들 히히 웃었고 우리 둘은 머쓱해서 눈물을 닦았다.

치킨은 식어도 맛있다며, 브랜드 치킨 먹여 보자며, 원장님과 대표님이 사 들고 온 치킨을 거실에 풀어 놓았다. 신문지 펴 놓고 먹어야 소풍 기분 난다며 천사의집 방식대로 거실 바닥에 둘러앉아 다들 치킨을 뜯었다.

"얘들아, 저녁 먹었잖아. 너희들이 이렇게 아구 아구 먹으면 내가 너희들 밥 안 준 줄 알겠다."

미정 언니 말에 은영 언니가 "엄마, 우리 굶었어. 엄마 없는 동안 쫄쫄 굶어서 살 빠진 거 보이지? 저절로 다이어트 됐어."라며 너스레를 떨었다. 원장님과 내가 치킨을 열심히 먹자 대표님이

"이 둘은 또 왜 이래. 아까 밥 먹었잖아. 내가 굶긴 줄 알겠네."라고 했다.

"아빠가 밥 안 사 줬잖아."

내 말에 정민이가 눈을 동그랗게 떴다.

"와, 해미가 아빠라고 하는 거 들었어? 게다가 반말?"

아이들이 "맞아 맞아. 무슨 일이 있었던 거야."라고 할 때 내가 "미정 언니, 은영 언니, 아빠를 아빠라고 하는 게 이상해? 내가 뭐 홍길동이야?"라고 하자 "얘 뭐야?"라며 둘이 눈을 크게 떴다. 미정 언니, 은영 언니라고 부르려고 오는 내내 연습했던 걸 다들 알 리 없었다. 모두 "띠용, 내일은 해가 북쪽에서 뜬다. 두고 봐."라며 아우성이었다. 라희까지도 "맞아 맞아, 해미 언니 이상해."라고 동조했다.

돌아 돌아 드디어 제자리를 찾은 기분이다. 이제 더 이상 흔들릴 일이 없을 거라고 자신했다. 왜냐하면 아무리 흔들어도 내가 꿈쩍도 안 할 거니까.

라희와 꼭 끌어안고 잠자리에 들었다. 라희가 잠들 때까지 기다리기 위해 눈을 깜빡이며 잠을 쫓는데 쌔근쌔근 숨소리가 났다. 그러다가 갑자기 놀라서 일어나는 경우가 있어 계속 지켜봤지만 예쁘게 잘 잤다. 어느새 나도 잠이 들었다.

23

알람이 울리기 전에 일어났다. 원장님이 매일 아침 6시부터 식사 준비하는 걸 돕기 위해 5시 50분에 알람을 맞춰 놨는데 그전에 눈이 떠진 것이다. 재빨리 세수하고 주방에 가니 원장님이 벌써 쌀을 씻고 있었다.

"우리딸, 왜 이렇게 빨리 일어났어. 더 자지 않고."

"아냐, 잠 안 와 엄마. 나 뭐 할까."

"밥하는 거 도와주게? 그건 내가 선수니까 나한테 맡기고 나 돕고 싶으면 여기 앉아서 공부해. 너 공부하는 거 보면서 밥하면 더 맛있어질 것 같아."

"정말? 알았어 엄마."

나는 영어 참고서를 들고 와 열심히 단어를 외웠다. 초등학교 때 마트에서 돌아온 엄마가 저녁을 준비할 때 주방 식탁에서 학습지 풀던 때가 생각났다. 신기한 건 그때와 아주 비슷한 상태라는 점이다. 아무 걱정 없이 그저 당면 과제만 해결하면 되는, 단순하고 명료했던 그 시절. 정말 그랬다. 나쁜 기억과 불안한 미래에 뒤덮였던 내가 떠나고 오늘 할 일만 열심히 하면 되는 내가 남았다. 김치를 숭숭 썰고 있는 원장님을 든든한 엄마로 받아들인 덕분이다. 엄마한테 다 맡긴 아이는 염려할 게 없으니까.

30분쯤 지나자, 정민이가 하품을 하며 들어오다 화들짝 놀랐다.

"너 뭐야. 벌써 일어난 것도 놀랍고, 주방에 있는 것도 놀랍고, 엄마를 돕지 않는 것도 놀랍고, 아침부터 공부하는 것도 놀랍다. 4단 콤보로 놀라움을 주는 너, 정체를 밝혀랏!"

눈을 치뜨고 나를 견제하던 눈빛은 어디에도 없었다.

"설마 니가 엄마 도우면 내가 화낼까 봐 불효녀처럼 너 할 일 하는 거니? 나 그렇게 속 좁은 애 아니다. 니가 엄마 도와도 이제 아무 상관 없어."

정민이의 말에 내가 시큰둥한 어투로 말했다.

"나 이제 너 눈치 안 봐. 나도 엄마 딸이니까. 그리고 너 그렇게 속 좁은 애 아니라는 거 일찌감치 알고 있었어. 앞으로 너보다 더 효도할 거야. 긴장해라. 근데 엄마가 공부하는 게 돕는 거라고 하셔서 꼭두새벽부터 영어 단어 외우는 거야. 아침이라 잘 외워지네."

정민이는 내가 속사포처럼 말하자 얼빠진 표정으로 고개를 절레절레 흔들었다. 이제 초등학교 5학년 이전의 나로 돌아가 원장님이 시끄럽다고 할 만큼 말도 많이 할 생각이다. 특히 정민이에게 하고 싶은 말 다 하면서 정말 친구, 아니 친자매가 되고 말 테다.

"와, 이건 뭐 한석봉과 한석봉 엄마네. 넌 글을 써라. 나는 떡을 썰 테니. 그거 아니냐고. 엄마 나도 공부할까?"

"공부하면 좋지. 나란히 앉아서 공부하면 오늘 제일 맛있는 김치찌개가 될 것 같은데."

"아냐, 엄마 나는 셰프 될 거라서 엄마하고 요리할래."

"에구 가시내. 공부하기 싫으니까. 그럼 마늘이나 까."

아침부터 활기가 넘치는 주방이 너무도 정겨웠다. 무엇보다 신선한 식재료가 풍부해 믿음직스러웠다. 어젯밤 스타벅스에서 나와 마트에 갔을 때 두 분이 아낌없이 장을 봤다. "이거 우리 애들 잘 먹는 거다." "이거 먹어야 애들 키가 커." "간식도 먹여야지." "음료수는 사지 말자." 두 분이 계속 우리들을 위한 대화를 나누었다. 트렁크 가득 식재료를 실으면서 "애들 잘 먹을 거야."라며 흐뭇해할 때 가슴이 뭉클했다.

"언니!"

라희가 소리치며 달려와 나를 끌어안았다.

"나는 언니가 안 보여서 또 어디 간 줄 알고 놀랐어. 언니 아무데도 가지 마."

라희 눈에 눈물이 그렁그렁했다.

"어디 안 가. 여기서 계속 살 거야. 라희야, 걱정 마."

"고마워 언니."

"가족끼리는 고맙다고 하는 거 아니야."

"아, 맞다."

우리 대화를 듣고 있던 정민이가 깔깔 웃더니 "와, 어제 찍던 드라마 2탄이냐?"라고 했다.

"내가 해미한테 밀린 거냐. 라희가 나보다 해미를 더 좋아하네."

원장님의 말에 들어서던 대표님이 "고소하다. 인기투표하려면 해미까지 넣어서 하자구."라고 했다. 정민이는 "뭐 인기투표할 거야? 그럼 나 선거운동 해야겠네."라며 수선을 떨었다. 같이 웃고 떠들면서도 얼떨떨했다. 단 하루 만에 모든 게 달라졌다는 사실에. 김치찌개 간을 보는 원장님이 어제 부스스한 머리로 유치장에 갇혀 있었다는 게 믿기지 않았다.

맞다. 뭐든 하루 만에 달라진다. 서서히 불안이 쌓여 가고 불만이 중첩되다가 단 하루 만에 터지고 만다. 단 하루 만에 엄마가 사라졌고, 단 하루 만에 할머니 집에 가게 됐으며, 단 하루 만에 다시 돌아왔다. 서서히 쌓인 노력도, 맞닥뜨리기 싫은 불행도 단 하루 만에 결과가 나온다. 중대한 결정이 나는 그 하루를 좋은 방향으로 꺾으려면? 너무도 간단하지만 쉽지 않은 방법, 오늘을 열심히 살면 된다.

아빠 엄마라고 불렀다가 원장님 대표님으로 부르고, 반말을 하다가 다시 존댓말을 하기도 했다. 고맙다고 하지 말라는 주의를 벌써 여러 차례 들었는데도 하루 한 번은 고맙다는 말이 나왔다.

"너는 네 걱정만 해. 할아버지, 할머니, 아빠, 엄마 걱정은 하지 마. 지금 네가 걱정한다고 달라질 건 없어. 만약 염려가 된다면 염려를 기도로 바꿔. 엄마가 걱정되면 엄마를 지켜 주세요, 라고 기도하란 말야. 네가 나중에 힘이 생겼을 때 그때 할아버지, 할머니, 아빠, 엄마를 도와주면 돼. 힘이 생길 수 있도록 지금은 실력을 쌓아."

어쩔 수 없이 할아버지가 걱정되고 엄마가 보고 싶어 낯빛이 어두워졌을 때 재빨리 눈치챈 원장님이 해 준 말이다. 염려를 기도로 바꿔, 이 말이 나에게 큰 힘이 되었다. 드디어 나는 진짜로 '원장님의 우리딸'이 된 기분을 만끽했다. 그 기분을 굳이 표현하자면 매우 포근하고 넉넉하며 간질간질하다고 할까.

24

다들 새 옷을 입고 예쁘게 꾸미느라 난리법석이었다. 라희까지도 붕붕 떠서 "언니 나 어때?"를 연발했다. 유리도 더 이상 미정 언니에게 매달리지 않고 스스로 백팩을 챙겼다. 나도 원장님이 사 준 카키색 원피스에 스튜어디스처럼 스카프를 맸다. 정민이가 "너는 키가 커서 뽀대가 나네."라며 부러운 눈으로 바라봤다.

"무슨 소리야. 너는 시크한 매력을 팍팍 풍기는데. 숏컷에 크롭티에 힙합 바지. 최신 트렌드잖아. Y2K 패션."

나의 칭찬에 정민이가 활짝 웃었다. 잔뜩 꾸미고 모두 거실에 모였다.

"결혼식장에 가서 어, 아빠 이름이 왜 바뀌었어? 이러면 된다, 안 된다?"

대표님의 말에 다들 "안 된다!"고 외쳤다.

"오늘 아빠 이름은 강요한이다, 송요한이다?"

"송요한이다!"

아이들은 합창하듯 즐겁게 소리쳤다.

오늘은 송미영이라는 예쁜 언니가 결혼하는 날이다. 내가 오기 몇 년 전 천사의집에서 살았다고 한다. 고등학교를 졸업하고 제과 회사에 다니다가 같은 회사 다니는 잘생긴 오빠의 연인이 되었다. 지난주 청첩장과 과자를 잔뜩 들고 왔을 때 "오빠 잘생겼다."며 졸졸 따라다니는 지혜에게 원장님이 "형부라고 불러."라고 알려 주었다.

대표님과 원장님은 오늘 신부 혼주석에 앉을 예정이다. 이미 '송요한과 김사론의 딸 미영'이라는 청첩장이 다 배부되었다. 대표님은 벌써 여러 번 성이 바뀌었다고 한다. 결혼하는 딸의 성에 따라 대표님의 성이 바뀌는 것이다. 그 얘기를 듣고 나중에 내가 결혼할 때 대표님이 진요한으로 이름을 바꿔 주면 좋겠다고 생각했다. 하지만 다음 순간, 진짜 진석기 아빠와 김은혜 엄마가 오겠다고 하면 어쩌나 고민되었다.

며칠 전 아빠가 나에게 편지를 보내 왔다. '해미야, 못난 아빠다.'로 시작하는 편지였다.

엄마가 의지하던 옆집 권사님이 그날 구급차에 같이 타고 가셨대. 병원에서 응급처치를 받고 나자 엄마가 제발 다른 곳으로 데려가 달라고 했대. 내가 병원까지 찾아올까 봐 겁이 났던 거지. 권사님이 잘 아는 기도원에 엄마를 데려갔고 거기서 가까운 병원에 다녀 많이 낫긴 했는데 기억력이 좋지 못해. 머리를 다쳐서 말야. 다 아빠 잘못이지.
권사님이 내가 알코올중독 치료 끝낸 거 알고 연락하셨고, 아빠도 기도원에서 엄마랑 같이 지낼 수 있게 주선해 주셨어.
엄마가 나를 못 알아볼 때도 있어. 엄마가 어떤 때는 해미 얘기를 잔뜩 하다가 가끔 너를 기억 못 하기도 해. 하지만 점점 좋아지고 있으니 걱정하지 마. 차츰 더 좋아지겠지. 기도원 원장님이 아빠한테 일자리를 주셨어. 운전도 하고 시설관리도 하고 그래. 곧 월급 받을 거야. 아빠 완전히 술 끊었어. 그리고 여기 기도원이어서 술은 절대 금지야. 월급 차근차근 모아서 우리딸 대학 갈 때 보태야지.
할아버지도 요양원에서 잘 지내시고 할머니도 작은 집이 좋다고 하셔. 괜히 그동안 허세만 부려서 부끄럽고 해미한테 미안하다고 하시더라.
해미야, 천사의집 원장님 참 현명하고 좋은 분이시더라. 그런 분을 만났다니 얼마나 고마운지 모르겠다. 원장님 말씀 잘 따르면 너는 분명 훌륭한 어른이 될 거야. 기도원 원장님도 참 좋은 분이야. 우리 가족이 원장님들 덕분에 사네. 우리가 나중에 은혜를 갚아야지. 원장님께 고맙다고 꼭 안부 전해 줘.

아빠 편지를 읽는 동안 가슴이 뜨거워졌다. 아빠가 엄마와 함께 지낸다는 말, 엄마가 나를 기억한다는 말에 눈물이 핑 돌았다.

내가 결혼할 때 진짜 아빠 엄마를 혼주석에 앉혀야 할지, 대표님과 원장님이 앉아야 할지, 고민되었다. 내가 이런 행복한 고민을 하게 될 줄이야. 너무 벅차서 심장이 마구 뛰었다. 그때 라희가 가만히 내 손을 잡았다.

"자 출발한다!"

대표님이 크게 외쳤다.

가장 예쁜 옷을 입은 우리는 가장 행복한 장소를 향해 힘차게 출발했다.

작가의 말

얼마 전 한 방송 프로그램에 출연한 60대 정신과 의사의 말이 기억에 남는다. 그는 "내가 어릴 때는 매일 싸우는 부부도 대개 이혼하지 않았다. 그런데 요즘 이혼하는 부부가 많아 한 부모 가정이 흔하고 아빠 없이 자라는 아이들이 많다."고 했다.

아빠 없이, 혹은 엄마 없이 자라는 한 부모 가정이 흔하면 안 되는데, 그게 대수롭지 않은 세상이 되었다. 한술 더 떠 그 한쪽 부모하고도 함께 살지 못하는 아이들이 늘어나고 있다. 부모의 이혼으로 조부모에게 맡겨졌다가 조부모가 세상을 떠나거나, 복지시설에 가도 부모가 데려가지 않는 일이 허다하다.

출생률이 낮아져 국가적으로 고심이 깊은 마당에 귀하게 태어난 아이가 부모의 돌봄을 받지 못하다니, 아이러니가 아닐 수 없다.

"한 아이를 키우려면 온 마을이 필요하다."는 아프리카 속담처럼 소외된 아이가 없도록 온 나라가 힘을 합쳐야 한다. 그래도 온 나라, 온 마을보다 아이에게는 '나의 엄마'가 필요하다.

긴 인생 살아가는 데 가장 중요한 것은 마음의 안정이고, 그 안정을 얻는 곳은 다름 아닌 가정이다. 하나님이 바빠 대신 보내셨다는 엄마가 가정을 지키며 나를 살뜰하게 보살펴 주신 일, 그 소중한 기억이 새록새록 떠올라 눈물 나게 감사하다.

세상의 모든 아이가 부모의 보살핌 속에서 자라는 일은 지극히 당연한 권리이다. 마땅한 그 사랑을 누리지 못하는 아이가 많아 안타까울 따름이다. 남의 아이를 내 아이처럼 사랑하는 천사들이 있어 그나마 다행스럽다.

2년 전 땅끝에서 천사를 만났다. 많은 아이의 엄마이면서 아이 한 명 한 명에게 정성을 기울이는 분이었다. 그 큰 사랑 아래서 아이들이 화사하게 웃으며 씩씩하게 자라고 있었다. 기적의 현장을 보면서 염려보다 움직이는 일이 중요하다는 걸 새삼 깨달았다.

사랑이 뚝뚝 흘러내리는 그 천사 엄마와 대화하다가 '묻지 마 조퇴'라는 말이 귀에 꽂히면서 바로 이야기가 만들어졌다. 갑자기 해미가 떠오르고 정민이와 라희의 목소리도 들렸다. 무책임한 어른들 때문에 많은 아이가 가정 밖에서 아픔을 겪는 세상이지만 사랑의 이불을 크게 펼쳐 따뜻하게 감싸면 문제없다는 걸 이 소설이 전해 주길 기대한다. 부디 많은 이들의 마음에 가서 닿았으면 좋겠다.

영감을 주신 땅끝의 가족들과 책을 만들어 주신 미래인에 감사드린다.

이근미

나의 로스 앤젤레스
1판 1쇄 펴낸날 2024년 10월 25일

지은이 이근미
펴낸이 김민지

편집 최성휘, 박다예
디자인 서정민
마케팅 백민열, 김하연

펴낸곳 미래M&B
등록 1993년 1월 8일(제10-772호)
주소 04030 서울시 마포구 동교로 134 미진빌딩 2층
전화 02-562-1800(대표)
팩스 02-562-1885(대표)
전자우편 mirae@miraemnb.com
홈페이지 www.miraeinbooks.com
블로그 blog.naver.com/miraeibooks
인스타그램 @mirae_inbooks

ISBN 978-89-8394-988-2 (43810)

*잘못 만들어진 책은 구입처에서 바꾸어 드립니다.
*미래인은 미래M&B가 만든 청소년, 성인을 위한 브랜드입니다.